凯瑟琳 M. 瓦伦特
作品

《太空歌剧》
《冰箱的独白》
《玻璃镇的游戏》
《辐射》
《不朽》
《重生》

"精灵国度"系列
《统治精灵国度的女孩:短暂的旅程》
《环游精灵国度的女孩:九月的奇幻冒险》
《掉到精灵国度底下的女孩:影子的狂欢会》
《飞越精灵国度的女孩:月亮上的雪怪》
《迷失精灵国度的男孩》
《参加精灵国度皇家竞赛的女孩》

"孤儿的故事"系列
《孤儿的故事:深夜的花园中》
《孤儿的故事:在硬币和香料的城市中》

MINECRAFT
我的世界：末地

MINECRAFT™
我的世界：末地

[美] 凯瑟琳 M. 瓦伦特 著

陈新瑜 陈丽如 译

童趣出版有限公司编译　人民邮电出版社出版
北　京

图书在版编目（CIP）数据

我的世界. 末地 /（美）凯瑟琳 M. 瓦伦特著；童趣出版有限公司编译. -- 北京：人民邮电出版社，2021.5

ISBN 978-7-115-54928-0

Ⅰ.①我… Ⅱ.①凯… ②童… Ⅲ.①儿童小说－长篇小说－美国－现代 Ⅳ.①I712.84

中国版本图书馆CIP数据核字（2020）第263706号

著作权合同登记号 图字：01-2020-1739

Minecraft: The End is a work of fiction.
Names, places, characters, and incidents either are the product of the author's imagination or are used fictitiously.
Any resemblance to actual persons, living or dead, events, or locales is entirely coincidental.
© 2021 Mojang AB. All Rights Reserved. Minecraft, the MINECRAFT logo and the MOJANG STUDIOS logo are trademarks of the Microsoft group of companies.

本书中文简体字版由大苹果代理公司代理授权童趣出版有限公司，人民邮电出版社出版发行。未经出版者书面许可，对本书的任何部分不得以任何方式或者任何手段复制和传播。本书只限于中华人民共和国境内（香港、澳门、台湾地区除外）销售，任何在上述地区以外对本书的销售行为，均构成对权利人的权利侵权行为，应承担相应法律责任。

- 文字翻译：陈新瑜　陈丽如
- 责任编辑：吴　悦
- 责任印制：李晓敏
- 封面设计：刘　丹
- 排版制作：杨志芳

编　　译：	童趣出版有限公司
出　　版：	人民邮电出版社
地　　址：	北京市丰台区成寿寺路11号邮电出版大厦（100164）
网　　址：	www.childrenfun.com.cn

读者热线：010-81054177
经销电话：010-81054120

- 印　　刷：北京华联印刷有限公司
- 开　　本：889×1194 1/32
- 印　　张：8.5
- 字　　数：240千字
- 版　　次：2021年5月第1版　2024年3月第8次印刷
- 书　　号：ISBN 978-7-115-54928-0
- 定　　价：49.00元

版权所有，侵权必究。如发现质量问题，请直接联系读者服务部：010-81054177。

献给奥罗拉和科尔。
我永远只是一个异界之门。

MINECRAFT
我的世界：末地

很久以前，有一位穿越者①。

这位穿越者就是你。

有时，穿越者认为自己是人类，站在旋转的岩浆球薄薄的地壳上。这个岩浆球在自转的同时还围绕着一个滚烫的气体球公转，气体球的质量是岩浆球的三十三万倍。它们相距如此遥远，连光都要花上八分钟才能跨越这段距离。光传递着恒星的讯息，历经一亿五千万千米依然可以灼伤穿越者的皮肤。

有时，穿越者梦见自己是一名矿工，身处一个平坦而广阔无垠的世界中。这里的太阳是白色的正方形，时光转瞬即逝，他必须完成很多任务。在这个世界里，死亡对穿越者而言不过是一次小小的停顿。

——朱利安·高夫《我的世界终末之诗》②

---

①原文 player，本意是玩家。译者认为玩家是现实世界与游戏世界之间的穿越者，所以译为穿越者。
②《我的世界终末之诗》是 Mojang 员工朱利安·高夫 (Julian Gough) 创作的，此处为全诗节选。

第一章

你和我，我们和他们

末路之地[3]，永远是暗夜，既没有日出，也没有日落，更没有时钟的嘀嗒声。

但不意味着这里没有时间或者光亮。一圈圈淡黄色的岛链飘浮在无边的黑暗中，闪闪发光。紫颂树和紫色的尖塔拔地而起，扎进无垠的黑色天空。树上果实累累，塔上房屋重重。白色末地烛如蜡烛般在塔顶阳台拐角处屹立着，驱赶每一处阴影。群岛上，巨大、古老又宁静的末地城中到处矗立着这样的塔楼，紫色和黄色是这里的主色调。末地城的边缘停靠着桅杆高耸的末地船，下面是血盆大口似的无尽虚空。

这是个美丽的地方，但不是空无一人。

---

[3] 末路之地（The End），也称末地，是《我的世界》（*MINECRAFT*）中类似外空间的黑暗维度，拥有大量末影人以及一条末影龙。

我的世界：末地

岛上到处是末影人，他们甩动细长的黑色四肢在黄色小山丘上和黄色小山谷里任意移动。末影人狭长的紫粉色眼睛闪动着，细细的黑色手臂随着轻柔低沉的音乐在摆动。他们在远比时钟更古老的高大的塔楼里策划着严密的方案。他们目视一切，却悄无声息。

黄绿色的小小的软体动物——潜影贝藏在依附于船舱和塔楼的外壳里。它们时不时张开外壳向外偷窥，但很快就像蛤蜊似的飞快合上。潜影贝的外壳不停地开开合合，这声音便是末地的脉动。

中央最大的岛上，巨大的黑曜石塔拱卫着一座小巧的灰色石柱，石柱上插着火把。每座塔顶都有一盏闪耀的灯笼。银色的灯笼里承载着熠熠生辉的火苗。火苗的光射进草丛，穿过灰色的院子，又反射回黑色的天空。

空中，一条巨大的生物一圈圈地慢慢盘旋，永不停歇。它伸展双翼，紫色的眼睛喷出烈焰般的光芒。

芬！④

这个名字穿越某座外岛边缘的阴影。庞大的末地城泰洛斯占据着这座岛。泰洛斯城像巨大的活物从岛屿的高地拔地而起，城中矗立着无数巨大的宝塔与亭台，白色光团由闪闪发光的末地烛倾泻而出。潜影贝藏身在外壳中，一艘紫色末

---

④生活在末地的末影人和生物都使用无声的意念沟通，与人类对话方式不同。

地船像链子拴住的小狗陪伴着泰洛斯城。这是无法远航的海盗船。大多数末地城都有自己的船只，没人知道末地船是怎么来的，没人知道是谁建了这些宏伟又奇怪的末地城。虽然末影人很乐意在各处留下自己的名字，但他们决非这一切的缔造者。缔造者也不是那个在空中无尽盘旋的家伙，更不是不敢见人、没有思想的潜影贝。仿佛末地船生来就有，末地城生来就有，像天空的云、美丽的钻石和永恒的时间一样自古有之。

芬，找到什么宝贝了吗？

一个瘦削的年轻末影人飞速穿越全岛，足迹遍布泰洛斯城的每个角落。眨眼间，他从一个地方出现在另一个地方，最后站在末地船的甲板上，手臂还抱着东西。他黑色的四方脑袋很俊朗，眼睛明亮，眼神带着渴望，四肢纤细却强壮。另一个末影人斜靠在桅杆上等他，黑色双臂交叉着抱在单薄的胸前。

你总算来了。末影人的思维在尖叫。这句话马上浮现在对方的脑海里。他们的沟通不需嘴和耳朵，更不用声音，因为意念沟通比说话容易多了。你只要想到一个人，对方马上就能感应到。

茉，没什么好东西，只有一串末影珍珠。唉，可我们已经有一大堆末影珍珠了，都是你找来的，它们多得让我起鸡皮疙瘩！上星期我们发现的胸甲肯定已经重新生成了，但估计被其他人抢先拿走了。我还找到一些红石矿石。就这些，

我的世界：末地

下次该你去了，因为你总能找到好东西。

这对十二岁的双胞胎末影人兄妹芬和茉走进末地船舱。芬比茉早出生三分钟，可他对此并不在意。他也不在意地位高低、长幼尊卑以及结构和秩序。秩序在末地不受欢迎。

他们生来就住在这里，对其他地方知之甚少。他们在这里长大，末地就是他们的家。这跟群岛中任何一个岛上成百上千的末影人没什么不同。兄妹俩住在末地船上，家里堆满从各处捡来的"垃圾"，有些很值钱，例如钻石和绿宝石、金矿石和青金石，以及附魔铁护腿、各种各样的镐、甜菜种子、紫颂果、马鞍和马铠（尽管他们从没见过马）。还有很多对神奇的灰色翅膀，贴在背上就能任意飞翔。其他的旧东西就是真正的垃圾，石头、黏土、沙子和破破烂烂的旧书。芬和茉才不在乎呢，他们本来就是拾荒的。拾荒的人不会挑三拣四，说不定毫不起眼的黏土什么时候就能派上大用场。

双胞胎末影人知道外面还有一个世界。从逻辑上讲，你住的地方叫末地，既然有"末"，必然有"始"，肯定有一个跟末地对应的空间。那里郁郁葱葱、阳光明媚，还有湛蓝的天空和碧蓝的海水，到处奔跑着羊和猪，蜜蜂飞舞，鱿鱼游弋。到了那里的末影人没有一个回来的。芬和茉听过这些故事，但末地是他们的安身之所，这里很安全，都是熟悉的事物和同类。

芬和茉的宝贝一直堆到船舱的天花板。兄妹俩不停地挑挑拣拣，在堆积如山的靴子、剑、头盔、龙首和金属锭中勉强开出一条路来通行，几乎没有空余的地方休息、用餐和起居。

更不要奢谈养宠物啦！

你好，格伦普。茉跟墙根下缩在外壳里的潜影贝愉快地打招呼。就像芬和茉一样，潜影贝总是待在一个地方。兄妹俩无法赶走它，虽然潜影贝占据了存放宝贝的空间。如果他们敲碎潜影贝的外壳，第二天外壳又会恢复原状，最后他们只好投降并接纳了它，还给它取了个名字，把它留下来看守这艘堆满"垃圾"的船，防止有人抢劫他们的家。要是家里有这么多宝贝，谁都会提高警惕的。格伦普其实也没起到守卫作用，它只是待在那儿，憎恨外界的一切，但这依然让兄妹俩多了些安全感。它不仅是潜影贝，更是他们的潜影贝。

潜影贝就是这样。兄妹俩从不窥探它的隐私，他们尊重潜影贝的独立空间。

嘿！格伦普回应道。它从壳里向外偷窥，兄妹俩瞥见一个黄绿色的脑袋。

我讨厌你们。格伦普又说。

无所谓，乖孩子。芬无奈地耸耸肩。

见你的鬼！格伦普生气地说。看我不咬你一口！

还是那副德行。茉想。瞧瞧这可爱的乖孩子！

潜影贝一边发牢骚，一边合上了壳。它的最后一句话浮现在兄妹俩的脑海中，字很小但显得很气愤：我可不是软柿子，明天就咬你们，走着瞧！

我的世界：末地

芬和茉在几块矿石后挖到一篮紫颂果，然后平均分配午餐。他们之间的一切都是平等的，所以会非常认真刻意地维持平等，几乎分毫不差。在默默地做这一切的时候，他俩满心欢喜，肩并肩地把食物包好带走。

看好船，格伦普。芬和茉提醒它。我们去找末影龙，别让外人偷我们的东西。

我讨厌这艘船。格伦普喋喋不休地抱怨着，壳都不想张开。我讨厌你们，讨厌末影龙，讨厌这堆破烂。

说得好，格伦普！兄妹俩硕大的黑色四方脑袋里发出哈哈大笑声。

芬和茉瞬移到末地船甲板上。黑色的夜空很美，天幕下是熠熠闪光的末地城。然而，他们并没有前往末地城。他们一眨眼就不见了，瞬间穿越岛链。随着每一次瞬移，他们身上的末影珍珠就会如星辰般闪烁。

很快，他们来到中央岛屿。拥挤的末影人在黑曜石塔间川流不息，光束从塔顶的灯笼里射向黑暗。

您好，帕枢纽！一切荣耀归于混沌之神！芬用意念向一个高高的、年纪稍长的末影人打招呼，芬在这里经常碰见他。

愿伟大的混沌之神眷顾你，少年！帕郑重其事地答道，这是最正统的回答。所有末影人都崇拜混沌之神。宇宙分为混沌和有序两种状态，主世界的人类信仰秩序，而末影人认为秩序是谎言，永远是谎言，是宇宙最大的谎言。主世界的人类相信，人类能建造固若金汤的堡垒，阻挡一切敌人，还能造出完美、永恒的东西。只有混沌之神的忠实信徒末影人才认为这是荒谬的，还不停地用实践印证自己的观点。任何时间、任何地点、发生任何事、遇到任何人都是合理的，只有明白这些，人生才会幸福。宇宙的混沌之神会在某一天降临，末影人的责任就是等待那一刻的到来。对末影人来说，最高等级的朝圣就是穿越到主世界去，找到并摧毁顽固的秩序之力。例如，从温暖舒适的房子上拆掉一块砖，然后"混沌之神"就能顺利完成剩下的事情：雨水或者火苗可能从洞口钻进房子，苦力怕可能从洞口偷偷爬到室内，盗贼也可能溜进去把房子翻个底朝天。循规蹈矩实在太没意思，为什么不让混沌之神给生活来点儿意外惊喜呢？

你好，露普枢纽！一切荣耀归于混沌之神！茉用意念跟一个浑身围绕着紫色火花，正凝视岛屿边缘的末影人打招呼。

茉，你好啊！露普答道。我在等我的末地碎片回来，他们去主世界猎取秩序之力并加以摧毁。我为我的末地碎片深感自豪，他们将给末地带来荣光。

他们很快就会回来的。茉安慰她。

这位身材高挑的女末影人转身凝视着兄妹俩，紫粉色的眼睛闪烁着怪异的神情。只有你们两个？没感觉自己很弱小吗？想不想加入一个强大的家族呢？

茉往后退了一步，遇到身边没有监护人的孩子，年长的末影人总是想打歪主意，这是骨子里无法改变的本性。茉不喜欢成年人的思维，他们的用词冗长，而且严厉、尖锐，好

我的世界：末地

多成年人都这样。孩子的想法则截然不同。不仅芬和茉，他们认识的其他小伙伴都跟成年人格格不入。但是，命中注定，就像附了魔一般，到了一定年纪，时间就把你变成你最讨厌的人。

当然，露普冒出这个想法是因为许多末影人正在中央岛屿徘徊，落单的末影人会变得愤怒而脆弱，比一头挨了痛揍的熊好不了多少。只有在团队中，他们的头脑才会产生持久而有趣的意念。一群末影人组成了末地，因此末地成了他们的家园。当所有末影人聚在一起，就形成了最大的末地。

在末地，存在许多完全不同的个体，他们都处在不同的生命周期中。末地碎片指的是年幼的末影人，他们从一对成熟的枢纽中分裂出来。核心是已经成年但还未复制下一代的末影人。最重要的是精英，他们是伟大的古代先祖，独自复制后代并赤手空拳开创了属于他们的末地。和其他末影人一起合作，独立末影人会变得更聪明，完成各种难度的任务，这种组织就是末地家族。当然，最容易组成家族的就是你自己的长辈和碎片，他们在你被复制出来之前就认识你了！但如果跟家族外的末影人合作，末影人就会变得更强大、更聪明、更安全、更灵活。这就是露普常说的"安全感"。一块砖除了能砸伤你没有任何意义，但一百块砖就能砌成一堵墙。

可是茉不需要，她有芬就够了，足够了。假如与芬以外的末影人合作（她尽量不去想另一个末影人康，因为一旦双方用意念沟通，今天就什么都不用做了），茉的全身就起疹子，痒得恨不得撕掉一层皮，难受得只想哭。这状况导致她难以自控地狂奔、跳跃，甚至像疯子似的一圈圈翻跟斗。虽然茉变得越来越聪明，但她完全体会不到，依然无法克制地起疹子、爱哭和翻跟头。现在芬和茉仍然是末地碎片，可能过几年当茉成长为核心后，问题就解决了。

也或许茉的状态本来就很糟糕。很有可能。

不，我很好！茉的情绪很激动。

你确定吗？露普，这个高大的末影人担忧之色愈加明显。相信我，我是个绝佳的枢纽，跟着我吧，我的瞬移和战斗能力都是无与伦比的。

我自己能行！茉狂喊道，转身头也不回地往芬的方向跑去。

末影龙无休止地在空中咆哮、盘旋。它在塔楼间不断拉升和俯冲，还时不时地在岛屿中央灰色的石头天井里休憩一下，然后咆哮着再次一飞冲天。

芬和茉瞬移到一根黑曜石柱顶端，在灯笼旁的深色石头上坐下来，欣赏末影龙的雄姿，这是他们最喜欢做的事。无论相处了多久，这种被称为野兽的末影龙对他们来说总是那么庞大，令人恐惧，却特别有趣。它脊背上布满方形鳞片，还有震慑人心的双翼和巨大的紫色眼睛。每次末影龙从身边掠过，兄妹俩都会因恐惧和激动而战栗，当然更多的还是激动。

你想去那里吗？茉一边问，一边嚼着紫颂果。

去哪儿？芬的注意力完全在末影龙身上，对妹妹的话心不

我的世界：末地

在焉。眼前有条龙，谁还会注意身边的人在说什么。他看着末影龙降落在石头天井里。

主世界。茉回答。

哦，为什么？那是人类的地盘。

在芬的意识中，人类是世界上最坏的物种，比吞噬一切的虚空还可怕，比成年末影人还讨厌，比抢劫财宝的贼还遭人恨。他的憎恨超越了格伦普。人类仇恨末影人，攻击末影人盗走心脏。心脏就是与生俱来的末影珍珠，它赋予末影人瞬移的能力。除了人类还有谁会犯下如此罪行——偷窃末影人的心脏？

我不知道。说着，茉伸开黑色的长腿。假如遇到人类，就毁灭他们，得到更多宝贝，还有紫颂果之外的其他食物。我们要为混沌之神而战。

茉，你知道我们的枢纽发生了什么。他们去了主世界再也没回来。如果不是主世界，我们现在仍然拥有一个完整的末地。

他们被困在大雨里了。茉想起来了，那是令人恐怖的记忆。对末影人来说雨水就是剧毒，站在夏日的暴风雨中，就像面对一百万颗银色子弹的攻击。

伟大的混沌之神教导我们"谁都会遇到混沌之事"。老天既给予，也索取。混沌会发生在你身上，我身上，或者格伦普身上，也会发生在露普的碎片身上。她每天站在那里等他们回来，你见过露普的碎片吗？

没有。茉轻声说。

芬把一个紫颂果弹过柱子的边缘，果子飘飘悠悠地坠落到黄色的土地上。就是这样，混沌可能发生在任何人身上。我们每星期损失多少末影人呢？

愿他们高贵的牺牲能让伟大的混沌之神更有力地统治整个世界。茉虔诚地祈祷。

是的，是的，是的！猜猜谁在干着秩序之力教唆的龌龊勾当？是人类！我们面临的问题都来自人类。因为人类，我们连枢纽的样子都记不得。因为人类，我们不能在想野餐时随意出现在主世界。总之，很不值得。我敢打包票，那里远不如这里。去主世界唯一的原因就是为混沌之神效劳。但我不想那么做，除非我活腻了。难道拒绝为任何人效劳不是更符合混沌之道吗？芬的眼神紧跟着身边飘浮跳动的紫色火花。即使你听不见末影人的声音，也可以判断末影人是否正在交谈。他们在用意念沟通时，紫色火花会在身边不停跳跃。

那就是我们的枢纽为之奋斗的事吗？效劳？或者牺牲？茉问。

我也这样想。我们变成孤儿总是有原因的，并不是混沌之神跟我们开的一个无聊玩笑。芬回答。

要复仇吗？茉满不在乎地说。我们可以整夜追赶人类，肯定很好玩，然后猎取他们的心脏，作为交换。

茉，主世界很危险，它会让你有去无回。为什么要冒险？

你说得对。而且我们在末地要什么有什么。说着，茉紧

我的世界：末地

握住哥哥细细的黑色手臂。

到处都是灯笼闪耀的微光，像其他夜晚一样，这又是美好的一晚。芬用瘦削的黑色手臂环抱着妹妹，并亲昵地揉了揉她的方脑袋。

哦！末影龙今晚离我们真近！茉说道。

末影龙冲他俩咆哮着，经过的每盏灯笼都被它扇灭了。

晚上好，末影龙。这个大家伙朝他们的柱子俯冲过来时，茉羞怯地向它挥手。兄妹俩经常跟它说话，可末影龙野性难驯，从来没有回应。

但今天，情况完全不同。

末影龙宽大的黑脑袋朝他们扭过来，它张开血盆大口，里面发出紫色的光。

碎片茉，向您和仁慈致敬。它的话在茉的脑海里闪闪发光，噼啪作响，比任何末影人的话都响亮。

茉僵住了，嘴里还咬着紫颂果。它知道我的名字，它竟然知道我的名字！

你肯定很出名。芬说。茉能感觉到哥哥明显在嫉妒自己。

末影龙再次回旋过来，然后呼啸着钻进了虚空。住嘴！碎片芬！

天哪，它也知道我的名字！芬更惊讶了。这时，末影龙从远处的柱子折返回来。它刚才发出的是什么声音？它生病了吗？它吐了吗？它跟你说的是"仁慈"，却对我说"住嘴"？

它说的是"你好"。茉在意念里咯咯直笑。

哦！末影龙，你好！茉，它可能想跟我们交朋友，对不对？

茉可不敢这么想。末影龙又直冲他们扑过来，眼睛里有紫色的火焰在燃烧，这可不像友好的样子。它飞过时掀起深紫色双翼扫过兄妹俩所在的柱顶，他们像蝼蚁般被拍了下来。

马上给我走开！末影龙在他们脑海里咆哮，身边的银色灯笼也因恐惧而熄灭。龙尾在空中发出鞭子一样的呼啸声，继而末影龙钻进了无限的黑暗中。

哈哈，这可……芬开心地说。

真有意思！茉接着说。他们的紫粉色眼睛发出兴奋的光。

他俩从柱子顶端跌下来时，茉还不忘记抓起一把罩着灯笼的银丝网，她实在无法抵御任何财宝的诱惑。

看谁先到家！她得意地喊道，然后消失了。

芬紧跟着也不见了。

第二章

末地之穹和末影龙

芬坐在泰洛斯城边的黄色山丘上，嚼着紫颂果，眼睛盯着脚下的庭院。庭院位于泰洛斯城主塔分枝的一座较小的尖塔上，塔顶的旗帜在无风的夜晚静静地垂着，塔下只有无尽黑暗。

庭院里有什么呢？那里是末地之穹。

茉不喜欢来这里，她总说既然别人拒绝他们，他们也不必巴结别人。为了回避末地之穹，她总是把话题引到其他地方去。但芬相反，他喜欢看着末地碎片在这里学习、打闹、嬉戏、训练，甚至是对骂和互殴。他总是和他们打成一片，以免自己变得"蠢怒"（意思是愚蠢又暴躁，这是芬自创的词汇，形容一个落单的末影人）。同时，他又与末地之穹保持适当距离，免得被赶走。末地碎片为了效力于伟大的混沌之神，在这里学习主世界的生存技巧和对付人类的格斗技能。芬总是说他对主世界毫不在意，茉知道他的真实想法。芬没有撒谎，否则茉会毫不留情地揭穿他。但他吐露的并非全部想法，只是大部分而已。芬确实不在乎那个广阔、明亮、炎热的地方，但他渴望能跟其他末地碎片一起在穹顶下受训。训练的终极目的只有一个：某天去主世界，把目之所及全都毁灭。芬想象自己在末地之穹的日子：成绩优异，人缘颇好，随时随地和十个甚至二十个伙伴讨论各种奇思妙想，而不是每天只有妹妹和一个暴躁的潜影贝与他相伴。

今天的训练是瞬移。受训的末地碎片忽隐忽现，时而登上塔顶，时而落到原地，时而钻进群山，时而返回。这里，那里，无处不在。我也能做到。芬想。还能做得更好，至少超过一半的人，也可能是四分之三，对，绝对能超过四分之三的人。

好吧，也许在这里他不能如愿以偿，但回到船上呢？芬可以瞬间消失或重现，像洗扑克牌一样让人眼花缭乱。幺点、国王、王后、王子，随心所欲更换。船头、船尾、船舱、桅杆、瞭望台，瞬移到哪里都没问题。他真的想跟其他末地碎片一起在末地之穹受训，这样就可以学习如何穿越危险之地，而不仅仅在安全和熟悉的地方出没。命运真是太不公平了！

瞬移时，芬感觉自由自在。他好像看到了另一个世界，这个世界非常薄，一眼就能看个通透，身体在穿过整个空间时感到无比和平、安宁，仿佛还有无数美好事物蕴含其中。

我的世界：末地

　　他想弄清楚这个世界的底细，但他没被允许参加训练，自然也就无法解惑。芬一想到这件事，心中就感到火烧火燎的痛。

　　但真正让芬痛心的是，他和妹妹具有极好的天赋，是同龄人中的佼佼者，却无法在末地之穹受训。不论芬还是茉，兄妹俩在远离人群的地方，在船上，一点儿都没有变得"蠢怒"。因此，可以想象，如果他们在末地之穹跟其他末地碎片一起受训，该有多么杰出的表现！身处家族中的末影人能力会大幅提升，而且家族规模越庞大效果越好。如果在两个末影人组成的家庭中就能表现优秀，这对双胞胎肯定会成为所有孩子的领袖，可惜芬和茉永远没有机会。

　　茉认为他们根本用不着训练，那天早晨芬冲出门的时候她就是这么说的。呃，不能算早晨，这是主世界关于秩序的用词。愿意的话，你可以根据末地烛的状态判断白天或黑夜，因为它们总是有规律地变亮和变暗，完全能当作时钟。但是，这有些亵渎神明。从混乱中创造秩序，从永恒中创造时间，这也太……恶作剧了。然而，离经叛道会带来快感，于是双胞胎兄妹时不时会打破规矩干"坏事"：把末地烛最亮的时候定为早晨，暗淡的时候就是晚上。当然，只有他俩知道。

　　他们没什么可教我们的，还不如自学。那天早晨茉跟哥哥说。我们会建造房屋、贮藏物资、到处瞬移，还懂得战斗技巧，还能用意念沟通，思维比末影龙的窝到外岛的路还清晰。我很满意现在的生活，没必要改变。你不是说不想去主世界吗？我们是双胞胎，即使有分歧，本质也是一样的，不需要去那个白痴的末地之穹学习怎么休息，怎么找乐子。

有意思的是，芬知道茉也是言不由衷，她只是不喜欢其他碎片的生活方式罢了。芬察觉到妹妹最近经常出神，她的意念可能用在了别的事情上、别的人身上或者其他地方。茉从来没说过，芬也从不挑明。如果做一个卑鄙的人就可以知道真相，只要去窥探茉秘而不宣的意念就行了，但这样太没礼貌，而且茉也能以其人之道还治其人之身。还是让她守住秘密吧，芬也可以有自己的隐私，这样才公平。芬知道，公平也是一种秩序，但秘密是混沌的种子，最后他权衡利弊做出选择。不论怎样，芬都能感觉到茉并不像看起来那么快乐，这是兄妹间的直觉。

他们唯一的朋友是个叫康的末影人，他十分不理解芬对末地之穹的痴迷。我憎恨训练。康经常跟双胞胎说。枢纽逼迫我参加无聊又暴力的日训，其他碎片把我打伤了好多次。督导奥瓦里总是絮絮叨叨关于人类和伟大的混沌之神之类的话。我一直希望换个地方，不受打扰地弹奏音符盒，哪怕待在家也行，虽然我也不喜欢那里。每次我抱怨，督导就一味强调让自己强壮就不会受伤，或者动作够快就能免于挨打。可我只想自卫，不想更强壮或者更快，我只想平平安安的。你们不用去末地之穹可真幸运，别跟我说那儿有多好，你完全不了解。如果还执迷不悟，我可以时不时痛揍你一顿让你有个切身体会。

但芬不觉得自己幸运，作为没有枢纽的碎片，跟孤儿一

我的世界：末地

样在世上没有立足之地。芬想拥有正常的生活，和其他碎片一样。为什么他不行？为什么他的枢纽是最早去主世界的末影人？为什么人生孤苦无依像被抛弃的垃圾？这非常不公平。但是，人生也不全是坏的。其他末影人并不残酷，他们只是……不知道如何与双胞胎相处。当芬和茉去泰洛斯城寻找物资或者去末地狂欢节看灯时，他们对他俩都很和善。末地狂欢节是最盛大的节日，为了庆祝混沌之神的诞辰，末影人歌颂这片美丽的土地和家族力量，歌颂属于他们的末地。当然，兄妹俩是不被允许参加这场盛宴的，因为他俩没有末地。末地狂欢节那天，大家会奏乐，一起唱赞歌。但双胞胎仍然只喜欢看灯，像往常一样，在离众人很远的地方遥望着。

你好，芬！你好，茉！其他末影人在街上见到他俩都会打招呼。你们这样孤零零地生活不担心吗？万一遇到危险，受伤了怎么办？

多谢您正在让我们受伤。芬经常这样反击，往往能阻断对方的说教。

现在，离末地狂欢节越来越近了，芬要想个办法说服茉、康和格伦普，跟他一起观赏这场盛宴。突然，一个末地碎片在他身边的草地上闪现。她个子不高，虽然比芬矮，但很壮实，黑色的皮肤闪烁着紫色光泽。她盯着芬。

第一次和陌生人的意念接触，无论对方传达多少讯息，你通常只看到正面的内容，这就好比浏览对方的灵魂概略图。芬进入茉的意念中，最先看到的是他俩的船：船舱门开着，里面满载从各地搜罗的宝贝和小怪兽，甚至还有一条小小的末影龙栖息在一支火把上。茉很喜欢小动物，虽然只见过末影龙、潜影贝和末影螨，但她经常听别人讲起主世界的猪、牛、绵羊、狐狸、乌龟和鱿鱼，所以总会想象这些动物的样子。茉的意念里有个满是快乐小动物的大家庭，但动物的样子完全不是真正的猪、牛、绵羊、狐狸、乌龟和鱿鱼。在康的意念里，芬看到螺旋形的音符优美地舞动，康非常热爱音乐。当然，芬看不见自己的意念，因为他就住在里面。茉告诉他，那里有一座漂亮温暖的房子，桌子、椅子、地板上到处都是打开的书，上面放着写字的钢笔。

芬进入这个小个子碎片的意念后，立刻看到了她的末地：家族所有的枢纽和末地碎片，还有核心簇拥在一起，手臂紧紧地互相挽着连成一大串，看不见头也看不见尾。

啊，她的灵魂简直糟糕透了。芬自言自语。

以混沌之神的名义起誓，我已经在你的意念里翻了个遍。小个子末影人咄咄逼人地说。你应该也看了我的。朋友，咱们一起退出去吧！

厉害！芬喃喃自语道。

芬妒火中烧。就在转瞬间，对方已经去了一趟末地之穹，而芬还在原地啃那半个紫颂果。他俩看起来很像，但又截然不同，既不是朋友，也永远当不了朋友。她说话用词华丽，语气尖锐，尽力模仿成年末影人，就是那些意念沟通时居高临下、身材高大的家伙。在末地之穹，大人们都喜欢她，赞

我的世界：末地

许她是一台精密、凶狠的人类扫荡机器。可是，她这些优秀的意念并不能持久，因为现在离末地之穹很远，而且只有他俩，家族之力鞭长莫及。但是芬完全不受影响，因为住在末地城边缘，离群索居，独自训练是常事，而小个子碎片却不行。也许小个子碎片和芬单独多待几分钟，她的意念波动就会变成：我很强大，你不堪一击。从而有可能攻击芬，芬也只好以伟大的混沌之神的名义进行反击。

等一下。这时，小个子碎片说。芬觉察到她迅速地从他的意念里抽离。芬熟悉这种感觉，其他末地碎片知道他的身份后都是同样的反应：他属于另类，是怪物，是孤儿，是没有末地、像潜影贝一样栖息在破船上的双胞胎之一。每当这时，芬的后脖子就感到一阵刺痛，如同睡梦中被一根针直刺脚底。遭到末地碎片嘲笑时，这种感觉尤为强烈。

我不认识你。小个子碎片接着说，芬局促不安地扭动着身体。你不是我们一起受训的伙伴。为什么你要从末地之穹逃走？你的枢纽在哪儿？你的末地在哪儿？在很偏远的沙丘那边吗？现在正是训练时间，你不能到处晃荡，哪个碎片都不行！

我偏要这样！芬语气尖锐地反唇相讥。我和妹妹想干吗就干吗！

小个子碎片眯着紫粉色的眼睛思索着。我还是不明白。

这就对了。你一开始就弄错了人，白白浪费了这么多时间。别浪费时间了。我叫芬，我的双胞胎妹妹叫茉。你叫可妮卡，是吗？

是的。可妮卡又摇摇头。是的,我叫可妮卡!如果可妮卡不认识你,你是如何认识可妮卡的?为什么你孤零零一个人,不跟我们一起训练?落单很危险,跟可妮卡一起走吧。

我没有末地!芬突然爆发出来。我没有枢纽!因为没有枢纽,末地公会规定我和妹妹只能离群索居,更不允许去末地之穹和你们那些快乐的小伙伴一起受训。因为没有末地,我们根本没有受训资格,他们就是这么说的!

天哪!可妮卡很吃惊。

吃惊很正常。芬说。可你们能做的我都可以做到,走着瞧!我和妹妹才属于伟大的混沌之神。你们谁都没意识到,家族才是一种秩序之力!我和你们不一样,我是自由之身!

我得走了。可妮卡小心翼翼地说。我不知道该怎么帮你,也不知道如何劝说你,我还是走吧。

好。芬一边说,一边踢着脚下的青草。

我真走了。

走吧。

真的走了。

快走。

可妮卡瞪着芬。你真是傻瓜!她语带嘲讽,随后就消失了。

芬站起来,走了几步来到长满草的岛屿边缘。过了一会儿,芬把紫颂果投进岛屿周围的无尽虚空,他现在一点儿食欲都没有了。她才愚蠢。他对自己说。他们都很愚蠢,随他们去吧。

我的世界：末地

芬说得一点儿没错。

当然没错。

茉在中央岛屿的一根高高的黑曜石柱上休息，背靠一个银色灯笼，灯笼里是跳动的水晶火苗，像被关起来的小月亮。

末影龙一圈圈地盘旋，它巨大的深紫色双翼不停地上下扇动，缓慢而悠然，好像对它这种庞然大物而言，飞翔比坐在地上轻松得多。它巨大厚重的脑袋像鲨鱼一样左右摇摆，像在搜寻总也不出现的猎物。茉想不出来这个巨兽想要找什么，它如此强大，有什么不是唾手可得呢？

每隔一段时间，末影龙就俯冲到地面，估计没什么收获，于是再次拉升到黑色的天空，继续没完没了地盘旋。

你错了！突然，末影龙的话出现在茉的脑海里，就像有人在一张大白纸上写出来似的。末影龙回答了她脑海里那些不算问题的问题。我并非无聊。我拥有一段漫长又热血沸腾的生命！当彗星还是小星星的时候，我就把无聊给生吞了。那感觉简直就是品尝死亡的味道。

奇迹发生了！末影龙在跟她说话！跟她！茉！不是别人！不只是"住嘴"或者"仁慈"！可惜芬不在！哥哥因为末地之穿毫无缘由地闷闷不乐，茉一点儿都不在意其他末影人对他们的偏见以及各种掣肘，她只关心哥哥、战利品、朋友和末影龙。

当然，末影龙不是她的，也不属于任何人，但没有谁像茉那样痴迷末影龙，没有谁像她那样对末影龙念念不忘。据她所知，别人从不打扰末影龙，也不被末影龙打扰。末影龙在主世界就像太阳般的存在，而在这里它只能待在那儿忙自己的事情。你不必讨好它、跟它交流，甚至喜欢它，这些行为在末影人看来简直不可理喻。

可能纯粹是偶然，谁也不知道是什么时候，末影龙发现与这对双胞胎可以交流。这也是第一次芬不在旁边的时候它单独跟茉说话。这条龙脾气古怪，并不好相处，但这仍然很有意思。对茉来说，跟末影龙交流简直是世界上最有趣的事。她集中精神使意念穿过清凉的空气，从柱子发送到那条巨大的黑色动物那儿去。

致敬伟大的混沌之神！茉快乐地说。

孩子，如果你必须向混沌之神致敬，随便你。末影龙回答。

你为什么总在同一个岛屿上空盘旋？为什么不飞走？你又大又强壮，想去哪儿就能去哪儿，想干什么就能干什么，谁都阻挡不了你，为什么不去冒险？如果我是一条龙，我肯定想去哪儿就去哪儿。

末影龙紫色的眼睛慢慢转向她，就像它懒洋洋盘旋在夜空一样慢。谁说我没有去冒险？现在吗？在你这个渺小的家伙面前吗？

呃，我当然渺小。但是，你在空中一圈圈地飞，那可不是冒险，顶多是下午散步。

我的世界：末地

那是你以为的。末影龙"沉默"地低吼。你比一只蚂蚁大不了多少，我对你们这样的人不抱任何期望。

你这么说可不太友好。茉有点儿伤心。虽然知道不应该被大怪物的话刺伤，但还是免不了。

末影龙飞得更高了，它的话像雨点一样砸到茉心里。我的脾气不好，这是自然而然的，对吧？火山还没喷发的年代，我已经把友善吃掉了，因为它让我困扰。

呃，看来是我错了。大家伙，快告诉我你想去哪儿冒险。

还没开始呢。

那么，你现在就飞走开始你的冒险吧。

你什么都不懂，愚蠢又渺小，什么都不懂。跟你说话真是浪费时间，我的时间可比钻石还宝贵！

泪水遮住茉的双眸。你不应该对我这么严厉。

我也没必要对你太好。没有任何规则能约束我，没有任何生物能强迫我。

真希望我是一条末影龙！那样的话，我对别人想说什么就说什么，别人也不敢怎么样，因为我庞大的黑色躯体令人恐惧，我还能喷火。如果我是末影龙，就不会像只没用的蝙蝠原地打转。茉尽力不让眼泪流出来。我要把伤害我和芬的人全烧焦！我要飞到主世界阻止一切坏事发生！我要毁灭伤害末影人的人类！我还要把我的枢纽带回来！最后一句话没有告诉末影龙，这个愿望只能深藏在她的心底，因为太荒谬了。枢纽已经过世，哪怕末影龙也不能使他们复活。茉甚至不记得他们的模样。如果在主世界死去的末影人一起站在面前，茉都不知道哪个才是她的枢纽。

末影龙慢慢地转悠着，它的阴影惊扰了几个成年末影人，他们全都面无表情地向上仰望。

孩子，你不是末影龙，你只是个碎片，你甚至也不是碎片，只是碎片中的小碎块。既然你不是末影龙，也就无法理解我。现在，就在这儿，在这座岛上，在这堆柱子中间，我在享受着无穷无尽的生命。

我不懂。

对，所以我才说你愚不可及。

我才不愚蠢！

走吧，我讨厌你了。

可我想知道你的冒险经历！你跟我打招呼不仅仅是为了呼唤我的名字吧？

世界上最美好的时光，就是冒险旅程即将开始的一刻。末影龙的话进入她的黑色脑袋。可是，冒险的结局往往出人意料。现在我身处一片寂静之中，这寂静使头脑短暂休整。很快冒险就要开始，每场冒险的结局都免不了伤痛。等冒险结束，你才能得知结局是否如你所愿，很可能你就是别人任务里最碍事的家伙。

茉叹了口气。要不是你跟我打哑谜，害我摸不着头脑，我会更喜欢你。

末影龙向夜空喷出一条火舌。你要是滚开，我会更喜欢

我的世界：末地

你的。

好吧。茉痛苦地说。无所谓，跟格伦普说话都比跟你说话有价值。你除了言语粗鲁什么都没有。我给你带了午餐，可能你不在乎，我更不在乎。午餐也不是专门给你的，我就放在这儿了，你随意吧。茉从口袋里取出一对熟透的紫颂果轻轻地放在柱子顶端，末影龙很容易就能够着。

末影龙在空中停了一下，看了看她的礼物。这一刻这么早就来临了吗？它低声说。看来是真的。

我不明白。茉接着说。

你对我来说就是一只小虫子，什么都不懂的小蠕虫。

不管怎样我都爱你。无论末影龙如何刻薄，茉都会大声说出自己的想法。末影龙明白"爱"是什么，即使它已经把爱和早饭一起吞进肚子，变成嘴里喷出的烈焰。

我不想跟你耗时间，快走吧！末影龙飞走了，直到尾巴也消失在虚空中。

就这样吧。茉心里想着，又踢了一下里面跳动着火苗的银色灯笼。它就是条没脑子的"长虫"，不过我不在意。我真的不在意！

茉留下紫颂果，然后从高高的黑曜石柱上离开了。

过了好一会儿，末影龙回来了。它用长长的火舌一下把食物卷走，津津有味地吃了个精光。

第三章

康

醒醒，我讨厌你们。

格伦普的意念进入芬和茉的脑海，像闹铃响个不停。

醒醒，我讨厌你们。

芬伸了个懒腰。末影人是站着睡觉的，床在末地派不上用场。如果你找个东西躺在上面，那东西一定会碎成一堆。其实末影人也不太需要睡眠，他们跟猫一样随时随地打盹。

醒醒，我讨厌你们！有人在靠近我们的船！我讨厌你们！快赶走他！现在马上赶走他，我非常讨厌这家伙！又来了，赶快拦住他！

茉从剑桩上抓起一把附魔铁剑，把头伸出船舱。必须小心。人类虽然居住在主世界，但据说他们时不时地也会出现在这里。虽然还没遇见过，但这是迟早的事，谁都逃不过去。

我的世界：末地

一旦人类发现这艘满载宝贝的船，肯定会开心得发疯。茉最担心的就是人类对财宝的痴迷。

她扫了一眼地平线，泰洛斯城耸立着，末地烛发出柔和的光，旗帜随风飘扬。外面夜色沉静，跟往常一样，茉没看到任何不速之客。

你确定吗，格伦普？我可爱的宝贝格伦普。

我讨厌……潜影贝在她脚下吱吱叫着，摆出一副想咬人的架势。

好吧，好吧。茉再一次把头伸出去。

谁在外面？茉用大众都能接收的频率问道，这样谁都能听见。谁在这儿？人类，人类，人类！

我的朋友，我不是人类，但如果你还要把我当成人类，我就偷走你的所有宝贝！这些话浮现在茉的脑海里，她马上认出来了，是他们唯一的朋友。

你好，康！

格伦普在壳里低声咆哮着。看到了吧？他又来了，我讨厌他，讨厌他为什么又来这里。真恶心，整天就会瞎溜达，他又不住这儿，我讨厌他，赶快让他走，别让他再来了！

一个年轻末影人出现在这艘紫灰色船的甲板上，举起长长的手臂打招呼，另一只手紧握一个带棕色网纹的音符盒——他最宝贵的财产。康比芬还要高和瘦，但因为他很害羞，所以看起来比双胞胎的个子还小。康的眼睛又大又美丽，但是为了不引人注意，他经常眯着眼，把它们隐藏起来。

因为与其他末影人细长明亮的紫粉色眼睛不同,康的眼睛是绿色的。

没有人知道原因。大家都想不起来哪个末影人的眼睛是绿色的,末地历史上也没有。康的绿眼睛给其他末影人造成了困扰,甚至是极大的困扰。泰洛斯城里人人都不自觉地盯着康的眼睛看。但芬和茉完全不在意,人生来就不一样,仅此而已。有些人是孤儿,有些人眼睛是绿色的,都令人惊叹。康的眼睛绿得像主世界的青草,像绿宝石,像阳光中的树叶。此刻,康正举起黑色手臂跟茉打招呼。

我刚才又逃跑了!绿眼睛末影人大声炫耀。我的枢纽妄图挽救我,但他们不会得逞,我比他们跑得快!督导奥瓦里想把我拖回去,但她也没能如愿,我比她力气更大。这还要得益于他们的训练,可是跟他们的愿望相反。他们让我不舒服,我想忍受,但我做不到。我可以藏在这里跟你们在一起吗?

当然可以,这里的大门一直向你敞开!茉对他说。进来,进来!

我反对!格伦普大声狂呼。

现在芬、茉和康组成了一个集体。不论早晨、中午、晚上,他们都在一起,密不可分,他们是最好的朋友。但康的枢纽和家族的其他末影人对此都不同意。

芬和茉住在泰洛斯城的外缘,也就是远离所有事物的边缘地区。他们没有自己的末地,对其他人来说,偏僻的地方

我的世界：末地

意味着危险，但对康来说这里却令人兴奋。你的末地可以是任何地方。芬和茱似乎一无所有，但他们并非一无所有，甚至很富有。每个末影人只效忠自己的末地，而末地也照应着属于它的末影人。这也是为什么泰洛斯城没人难为芬和茱的原因。自从他们的枢纽没能从主世界回归，这对双胞胎就离群索居，住在一艘破破烂烂的船上。很多人以为他俩很笨，两个末影人和一只潜影贝组成的末地能有多好呢？这不像末地，反倒像……一堆废物。于是，大部分末影人任由他俩自生自灭。只要他们不进城，大家就相安无事。

然而，康知道，这对双胞胎一点儿都不笨。相反，他们比康见过的所有末影人都聪明，不论是末地之穹的碎片，还是可怕的督导，或是任何枢纽、核心。或许因为他们是双胞胎？康不认识其他双胞胎，可能都差不多。也可能兄妹俩跟他的绿眼睛一样，就是怪物。反正不管怎样，康跟他俩在一起就足够了。即使这样的双胞胎家族在末地再多十个，康和他们依然最谈得来。芬和茱组成的家族，没有第三个人来协助他俩，现在有了康，已经足够了。

虽然跟其他末地碎片一样，康有自己的末地，但他无法和家族成员融洽相处，总是从家里逃出来。这个星期已经是他第三次开溜了。康厌恶家族的环境，于是来到末地船。严酷、隐忍、愤怒、伤害……复杂的情绪几乎让他想不起该往哪儿去，连逃离末地的直接原因都想不出来。他只能走上这艘船的甲板，加入这个酷炫的末地家族。在这里，他变得冷静且智慧,像回到了家,虽然不是他的末地,但能跟意气相投的朋友在一起。

茉还没见过敢从家里逃出来的末影人,可康每隔几天就逃跑一次。茉从来不议论这个瘦削的黑色朋友,因为她理解康的心情,甚至对他的处境感同身受。要是她也深陷令人讨厌、毫无价值的乌合之众,无时无刻不被紧盯着,还有各色人等指手画脚、耳提面命,她也会逃走的。茉认为不应该惩罚逃离家族的人,这是伟大的混沌之神应该接受的。待在厌恶的地方,被条条框框束缚,就是向秩序之力妥协。

茉带着朋友进入船舱时,芬正把一个铁胸甲放在火把上煎紫颂果。你也可以用这个方法做出酸溜溜的紫色"爆米花"。他们不知道怎么安全食用紫颂果,但看着果核爆开就挺有意思的。每隔一段时间,如果往格伦普的壳里撒些爆开的紫颂果,格伦普就能吃上一小把,跟喂鱼似的。得到食物,格伦普就说:谢谢你,我讨厌这东西。我要咬你一口。但每次它都吃得一干二净,天知道它是怎么消化的。

芬扬起长长的黑色手臂朝他们挥了挥。他的手臂装在一个用作烹饪手套的附魔铁护手中。紫颂果在欢快地爆裂,发出噼啪噼啪、咔的声音。

康深深地吸着紫颂果的气味,虽然闻起来真的不怎么样,但那是家的味道。比起我的家,我太喜欢这里了。康忧伤地说。我希望跟你们住在一起。

没有多余的房间。芬开玩笑地回应道,但真正的原因却

我的世界：末地

不敢让康知道：你愿意来我很高兴，可是你的枢纽笃定不会放过我们，连带这艘破船也会在瞬间报废，那时候我们连"爆米花"这种粗茶淡饭都无法享用了。

康坐在船舱角落，左边是一堆绿宝石，右边是一双旧靴子。他把音符盒放在两腿之间，头轻轻靠在上面，思维停滞，有气无力。如果愿意，末影人可以把真实的意念隐藏起来，但这被认为是不可理解且不礼貌的行为。康没有哭。末影人并非不能哭泣。但在意念中，芬和茉看见泰洛斯城塔顶上的末地烛，有小小的白色火星一颗颗落在地上。就像人类看见眼泪从另一个人的眼眶中坠落，兄妹俩懂得康的悲伤。

康按下他的音符盒棕色按键。芬不由得发出赞叹，然后盘腿坐好，茉的身体侧倾着以便听得更清楚。没人能跟康一样如此优美地弹奏音符盒。当然，双胞胎偶尔也能弹弹，就像人类无法击败末影龙（这种情形很常见），可有时也有出人意料的情况发生。可芬或茉弹奏音符盒只能发出短促刺耳的声音，根本无法成为完整的曲子。

康弹奏的时候，整个天空都在静静聆听。他灵活的双手在按键上跳跃，动听的音乐便倾泻而出，溢满船舱，飘到甲板上。曲调时而忧伤、时而明快、时而愤怒、时而充满希望，节奏也是欢快的，让你忍不住双脚跟着一起打拍子。音乐让人想跳舞，想拥抱朋友，想冲出去挑战整个世界，至少挑战那些对你指手画脚的人。

格伦普的外壳张开一条缝，黄绿色的脑袋从里面向外窥视。康停止了演奏。我猜你肯定讨厌这曲子吧。

我不讨厌它。沉默了好一会儿,格伦普回答。

芬、茉和康都屏住呼吸,他们简直不敢相信。当然,康在音乐方面是很有天赋的,而且是最棒的,但格伦普可是讨厌一切呀,以至于康觉得这个潜影贝跟他的枢纽是同类。

我非常讨厌它!格伦普把头缩了回去,然后砰的一声合上了外壳。

康乐呵呵地把黑色脸庞转向朋友。他真是末地最帅的小伙子!茉和芬都这么认为。但不论何时,他们三个走在泰洛斯城紫罗兰大街上,经过其他人身边时,总能听到其他末影人说康有多丑陋,多笨拙,他的眼睛看起来多吓人,还说他愚蠢、怪异,甚至恐怖。茉对此很愤怒。康多么英俊!为什么他们看不见?如果整个泰洛斯城都能听到他的演奏……可即使听到康的演奏,也无法让他的家族对他的看法有任何改观。

今天早上我弹了一遍那首曲子,我的副枢纽听了暴怒不已,他总是那样,没完没了地让我放弃音符盒。"住手!"他怒吼道,"不许再碰那个破玩意!音乐是主世界最大的帮凶!你竟敢带到这屋子里来!我一秒钟都忍受不了!干你该干的正经事!像我们一样!冲到主世界去对抗人类!跟你的小伙伴一样效忠伟大的混沌之神!大口吃东西,勇敢去战斗,并且以此为乐!为什么你整天都委屈巴巴地弹琴弄曲?你又不是个悲伤的胡萝卜!"说着,他就要砸我的音符盒。

我的世界：末地

真让人难过。芬说道。如果我们的枢纽还在，不知道会不会也是这样。

可是，如果我想逃走或者想保护音符盒，情况就会更糟！没有我，我的主枢纽和副枢纽，他们的枢纽和核心，他们其他的碎片，所有人，都会比现在孱弱无能。所以，他们总是怒吼，对我步步紧逼，妄图使我回归他们的末地，可我真的不想去他们所谓的末地！我也不想去主世界！我一点儿都不在意主世界！那里太明亮、太可怕了！我不想当斗士，我也不在乎混沌之神！

茉听得快窒息了。这是亵渎神明。真的，是非常严重的亵渎神明。如果某个成年末影人知道你的想法……

如果必须猎杀人类、与敌人厮杀、破坏财物才能成为合格的末影人，我宁愿不要。只要弹奏音乐就够了。我喜欢这个家！康、芬、茉和格伦普，还有这艘船！这里就是我的末地！他们谁都不理解我，永远也理解不了我！

我们也喜欢这个末地。芬说。

所有人都沉默了。

他们还要多久会找到你？茉拐弯抹角地问。虽然康不想讨论这件事，可是康的枢纽带走他时，这艘船必定会遭殃。

我不知道。康低声说，像耳语一般。真希望我没有枢纽。

别这么说！芬情绪激动。

别这么说！茉异口同声地说。

现在，康的意念越来越朦胧，像即将熄灭的蜡烛在兄妹俩的脑海里微弱地闪烁,兄妹俩几乎感受不到它了。那我只希望自己并不是生来就与众不同。我希望去战斗,像其他人一样去摧毁一切。我希望从来没听到过音乐。我也想变得正常。为什么混沌之神要把我变成这样?

我觉得你这样很好啊。茉说道。

突然,格伦普的外壳咔嗒一下打开了,然后又合上,又打开,又合上,打开合上打开合上打开合上,速度越来越快,声音越来越大。有人接近这艘船!潜影贝冲着他们的脑袋尖叫。有人接近这艘船!这些人块头很大,讨厌,讨厌,讨厌,讨厌!我想咬他们!快让我咬他们!没关系,我咬了他们就没问题了!相信格伦普,乖孩子格伦普!

芬和茉扭头冲着船舱门望去。康那个可怕的副枢纽卡申的意念突然闯进他俩的脑海,像闪烁的灯光和鸣响的汽笛。

康!你在哪个方位?!语气中满是暴怒和傲慢,典型的末影公民的说话方式。只要卡申动用他的意念,转眼间就可以召集大批人手。康!我马上就找到你了!

我要走了。康忧郁地说,并把音符盒夹在胳肢窝下面。我可不想让你们的财产毁于一旦,我的枢纽的行为真让我丢脸,抱歉!

康!别耍小聪明!赶快现身!我们没有时间跟你玩无聊的游戏!赶快现身!出大麻烦了!

虽然落单的末影人比不上一群末影人那么聪明、那么有力量,但这个落单的末影人卡申也不是容易对付的。芬他们

我的世界：末地

只能任凭卡申在头顶的甲板上一通乱砸，还听见靠着桅杆的梯子踏板在拳头下断裂的声音。

我要走了。康又说了一句，但他没有站起来。

他说的是什么意思？茉敏感地问。什么大麻烦？

我也不知道，我走的时候没出乱子啊。除了通常讨论多少人痛恨音乐的乱糟糟的会议，一切都正常。

康！卡申又一声大吼。

今天是我的碎片的生日。康忧伤地说。可他们都忘了。

末影人的出生方式跟人类不同。小末地碎片从主枢纽中复制出来，具体说，就是一颗黑色的小怪物从一个硕大的黑方块上分离出来。他们的样子就像一颗小小的黑色鸡蛋，没有疼痛，过程也不复杂，也不像人类那样被妈妈抱在怀里。这一刻，新生的碎片还是主枢纽的一部分，下一秒马上就分离开来。通常，他们每年都会庆祝碎片诞生的这一天。

现在芬他们还能听见康的主枢纽泰格的声音，这声音听起来比卡申的还要响亮，她迈着沉重的脚步上了船。

他们快把这儿拆了。芬很担心。

康，赶快在你的枢纽面前现身！

再见了，我的朋友。康朝芬和茉挥挥手，步履维艰地走向自己的家人。以后会见面的，总会有那一天。

一切都会好起来的。茉安慰他。

一切都会变好吗？康有些怀疑。

我以末影人的名义发誓。芬向他保证。

我以末影人的名义发誓。茉也附和着说。

康点了点头,他的脸庞在末地柔和的光线下显得很帅气。好的,我相信你们。

康,我们已经看见你了!外边那些大块头末影人虚张声势地喊道,完全不考虑其他人的感受。不过看得出,他们很担心康。通常来说,末影公民的用词咄咄逼人,那感觉就像用手电筒的光束直射对方的眼睛那样让人不舒服。

你们怎么这么快就找到我了?康冷冷地问道。

因为你经常来这里。康的主枢纽说,语气已经恢复正常。我们干吗要去其他地方找?

然而,康的副枢纽依然怒火冲天。你必须马上回家,孩子!现在没有时间讨论你的错误!

为什么?家里出了什么事?你就不能小声点儿?康愤愤不平地说。

康的主枢纽泰格蹲下来,泰洛斯城的微光洒在她大大的脑袋上,给她镀上一层奇特的黄色光晕。她深深地望着康那双怪异又可怕的绿眼睛,轻轻抚摸着他的头。她看起来很在意康。此刻,芬、茉,甚至格伦普都听到了她尽量平静的声音。

康,我的孩子,你得马上回家做好准备。情况非常紧急,我们必须保卫自己,人类来了。

第四章

末地公会

人类。

这个名字让茉一阵战栗。

人类。

芬从没见过人类,他一点儿都不想看见他们。

天哪,人类来到了末地。他们如同蝗虫一般,时不时就来掠夺一番。感觉人类就像在阳光灿烂的晴天,偷偷潜伏在你身后的苦力怕,或者你经常路过的街道上到处蹦跶的蠹虫,或者傍晚时分落在你头上的蜘蛛。最可怕的是,人类像末影螨一样会把世界的根基蛀空,直到世界完全崩溃。

但是,对茉和芬来说,这些都是流言、谣传和回忆,属于其他人的回忆而已。他们只是听那些跟他们枢纽同龄的成年末影人讲起过,他们只是听别人描述人类的种种行为,他们仅仅知道最糟糕的情况——万一某天人类来临，他们必须奋起保卫自己。

人类很怪异，与末影人格格不入。末影人高挑俊美，身体光滑，如同一棵矗立的树。而人类又矮又胖，圆鼓鼓的眼睛污浊不堪，浑身冒着汗水，一双脚臭气熏天，还有一种特别恶心的玩意叫"头发"。他们暴力、易怒，贪得无厌。如果把一个人类放在一片沼泽地、一片森林中，或者一片草地上，不出半天他们就能把一切对自己有价值的东西分得清清楚楚。如果有可利用的东西，他们就像龙卷风一样吞噬一切。人类建起难看的房子、城堡或雕像，而不是让那里保持原始状态。保留自然美肯定比他们那些奇丑不堪的建筑物好看多了。有时，他们虐待羊和猪，甚至用石块砸、用剑刺，只为了取乐，想看看能造成什么伤害而已，或者他们根本不知道这样做的后果。他们看见你就痛下杀手，所以你只能先发制人。不必犹豫，大自然物竞天择，生存是第一位的。当你看见一个人类时就已经来不及了，一瞬间人类就会蜂拥而至，整个世界他们无处不在。

你可以在晚上很轻松地把人类解决掉，因为他们得在家里的床上睡觉。末影人打盹时眼睛眯着，微微张开一条缝，随时警惕入侵者。显然，这才是正确的休息方式！有一个叫萨马的老末影公民，他瘦削却性子火暴，曾经跟兄妹俩讲解人类的"睡眠"是怎么回事。他说人类会睡好几个小时，基本上听不见也看不见任何东西。兄妹俩都觉得这种行为愚蠢

我的世界：末地

而危险，萨马也赞同他们的观点，最后双方在一片和谐的气氛中各奔东西。看来，人类需要房子和床，就是为了晚上能安全地睡愚蠢的觉，所以对付人类最好的方法就是趁他们进自己的小"堡垒"之前活捉他们。

而且，据芬和茉了解，人类最喜欢的食物就是枢纽。他们也不用去打听，因为这是他俩的亲身经历。

人类就是存在于恐怖小说中的怪物。

现在他们快来了。

末地公会受到了召唤。

身处家族中的末影人最聪明、最谨慎，其中智慧最高的末影人可以进入末地公会。末影人从整个末地、每个末影家族推选出代表，组成前往中央岛屿的公会，制订各种计划政策。一旦要做出影响所有末影人的决定时，他们会并肩站立在黑曜石柱长长的阴影下，集思广益，使大家更加智慧。并非每个末影人都能加入公会，也不是所有末影人都在末地。末影人生活范围很广，分布在世界的各个角落。而且，末地幅员辽阔，一个区域和另一个区域可能老死不相往来。但是，现有的成员数量已经足够他们做出明智的决策。

自打芬和茉出生以来，这个唯一的末地公会就已经诞生了：当他们的枢纽去世，大家不知道如何处理孤儿时，公会就会发挥作用，而其他家族是不需要接收孤儿的。虽然侵略者会时不时从主世界过来，但末地总体来说一直保持着和平。

当然，偶尔也会有来自主世界的袭击，然而尚不需制订什么反击计划。

但是，现在不同了。

末影公民像黑色的鸟儿一样乌泱泱聚集起来，或四五人一组，或六到八人一队，人数多的可达十二或十五人，甚至更多。他们可爱的大脑袋聚集在塔顶泻下的末地烛的光照里，聚集在盘旋不歇的末影龙的阴影中，尽管这事跟末影龙没有关系，它也给不了任何建议。当末影人聚在一起时，环绕在身边的紫色尘雾也在闪闪发光。这些末影人中有萨马，就是给芬和茉讲"睡眠"的那个老末影人；有露普，虽然她的碎片还没回家；有帕，他曾经告知芬和茉，说其他人都能去末地之穹受训，就他俩不行；有艾尔莎，混沌之神的代言人，她身边站着许多牧师；有克赖、卡申、泰格、瓦卡斯、美丽的核心塔皮，芬甚至还看见了藏在枢纽身后的可妮卡。大家满怀敬畏地聚在一起。康也在这儿，站在一个矮矮的沙丘上生闷气，身边是他的音符盒。他奇特的绿眼睛盯着远方，脚踢着沙子和青草。兄妹俩见到了所有认识的人，还有很多很多他们不认识的。

愿混沌之神的荣光照耀着你们！艾尔莎向大众呼喊。她的嗓音洪亮，非常有号召力，就像个扩音喇叭。

愿混沌之神保佑你！在场的所有末影人回应道。

我们是怎么知道人类要来的？茉的意念飞快地传给哥哥芬，不让第三个人知道。

我的世界：末地

难道是……我也不知道，会不会是谁发了警讯，来自于人类的警讯？

你们感觉不到吗？一个稍年长的末影人很粗鲁地闯入他俩的意念。现在已经没办法拘泥礼仪了，防御危险远比态度重要得多。矗立在他们面前的是奥瓦里，末地之穹的督导。十二枚封印快到位了，在这些封印上，人类会摆上十二只末影之眼。一旦完成，主传送门将被打开，人类会蜂拥进入我们的世界，那时候我们就完了。

十二只末影之眼？芬惊恐地问。眼睛？出了什么事？人类偷了谁的眼睛？用来干吗？装饰聚会吗？

人类干的事有比这个更坏的，小男孩！康的副枢纽卡申说。现在卡申冷静又智慧，因为和很多末影人在一起，那个怒不可遏的形象完全看不到了。他们还偷末影珍珠。

茉觉得要吐了。末影珍珠对末影人的意义等同于人类的心脏和灵魂。为什么？借伟大的混沌之神的名义告诉我，为什么？

有了末影珍珠，他们就能像我们一样瞬移了。卡申回答。

他们不能走路吗？茉惊恐地问。不能跑吗？

他们走得很好，跑得更好。但有了末影珍珠，他们就能更快地到达目的地。

对人类来说，掠夺末影人的灵魂是很有价值的，他们懒得在意是哪个末影人的，而且末影人的心脏无非是个性能优异的瞬移工具罢了。

这样的瞬移他们只能用一次。康阴郁地说。他待在岛屿边缘愁眉不展。意念传送使得距离不是问题，谁都能听得到他的声音。康的紫色的意念火花在明亮地闪烁着。末影珍珠在他们用完后会烧成灰烬。

呵呵，听着还不错！芬大喊道。效率很高嘛！我们像火把，烧完了就扔！

我恨他们！茉说。我对人类切齿痛恨！

这时，成百上千个末影人发出震耳欲聋的怒吼，狂热、冰冷、抑制不住的暴躁迸发出来。

不放过任何一个！核心塔皮低声嘶吼，愤怒地摇着头。不击败他们誓不罢休！我的灵魂熊熊燃烧直至死亡！

很好，我的朋友们！站在附近的一个特别高大的末影人说。说得太对了，正合我意！让燃烧的战斗之魂引领你们吧！以伟大的混沌之神的名义打败他们！摧毁他们的堡垒！夺走他们的财物！不要犹豫，我们只是以牙还牙！

人类是世界上所知的最大灾难根源，像末影螨一样讨厌，像死亡一样丑陋和贪婪！说这话的是年长的伊帕里。他的意念飘浮在现场的末影人脑海中，冰冷而坚硬。我们的时间不多了，每个末影人都能感觉到传送门即将打开，就像锁头已经滑向我们的地盘！

突然，最小的那些末地碎片惊恐地看着周围，生怕人类随时出现。

啊，小孩子不理解他们的枢纽在干什么。年长的伊帕里

我的世界：末地

安慰道。主世界的时间精度跟我们的不一样。人类为了建造传送门，需要推动另一侧的石头，将一只末影之眼装上去。也许留给末地的时间只有几天或几小时，我们还不知道具体情形。时间是秩序的帮凶，我们很难驾驭它。

我什么也感觉不到。芬悄悄地说。你呢？

我也是。茉回答。可能我们病了。格伦普就能捕捉到寒冷的感觉，你记得吗？他告诉我们，大家紧紧依偎在一起就能感应到。

但我们的时间所剩无几。另一个末影人贝加斯接着伊帕里的话继续说，他紫粉色的眼睛闪烁着。传送门将在我们脚下打开，人类会像熔岩一样喷涌而来。我们必须和他们战斗，这是肯定的。难道我们还指望末影龙保护我们吗？

末影人一起抬头望着天空。

没有回答，只有一阵长长的、低哑的、鄙夷的笑声。接着，一个声音在大家的脑海中回响：一群蠢货。

末地是我们的。末影人中一个牧师瓦卡斯说。她有一群潜影贝养在一个较小的内岛山坡上。这片土地属于我们，我们一直居住在这里。他们无权侵占、掠夺我们的家园！

我们才不是最早居住在这里的人。维格打断了她的话。维格是泰洛斯城的战略督导。昨天芬才在沙丘上看了她教的那个班，芬现在充满期待地望着她。维格发表了一场演讲，一场真正的演讲。终于，芬能在现场听她讲话了。

维格，你胡说！不要再讲了！瓦卡斯咆哮着。

我说错了吗？是我们建起这座城吗？是我们一砖一瓦竖起这些高塔吗？是我们种下这些紫颂树吗？是我们点燃柱子上的水晶火把吗？不是的，我们没有。我们的祖先发现这里的时候一切已经存在。在我们之前已经有人在这里生存繁衍。我们抢走了他们的土地，就像人类想抢走我们的一样。我们彻底占领了这个地方，甚至不记得缔造者的名字和样貌。而且，这里的所有权原属于秩序之力。

我可不想追溯遥远的历史。混沌之神的代言人艾尔莎说。人类入侵者认为所有的东西都是他们的，在他们扭曲的头脑中这就是宇宙秩序。他们看到喜爱的东西，就抢走并打碎它，占有并摧毁它，他们也把这一套应用在一贯的做法中。我们要反抗！我们要保证末地的安全和完整！尽管我们拥有的这个地方有些井然有序，但我们的需求更重要。末影人必须统治末地，这是伟大的混沌之神所应许的事实！

现在还有另一个麻烦。一个叫克赖的末影人走出来。现场鸦雀无声。克赖是他们见过的年纪最大的末影人，他是精英，出身于一个实力雄厚、力量强大的家族，所有末影人都来源于此。他眼睛里的紫色已经逐渐褪去，他的意念之光几乎变成了银色。我比你们都老，我经历过太多事情，也遭受了很多痛苦和灾难。我已经躲过了生命中所有的风雨。

克赖，赶快转入正题。帕抱怨道。你说话总是东拉西扯。

芬和茉目瞪口呆，他们被教育要尊敬精英，但克赖却完全不像别的长者那样给人留下深刻印象。每当他说话兴致正

我的世界：末地

高时，其他末影人却显得无聊和焦躁不安。他们有的想自己的事，有的东张西望，有的饶有兴趣地观赏柱子旁边的围墙，就是没人听克赖说话，好多人还暗地里祈求他马上停下来。兄妹俩找个机会走到康那里，在他身边的干草堆上坐下来。夜空笼罩着整座岛屿，真是太美了，从来没变过。

克赖继续说着，无视那些无视他的末影人。成年人的沟通方式太奇怪了。我曾经去过主世界很多次，每次都平安归来。我曾经被人类袭击过，被刀砍、被殴打，差点儿被困在雨中。无论在主世界还是末地我都效忠混沌之神。我必须警告你们，人类发现了对付我们的秘密。几个世纪以来，他们总无法躲避我们的凝视，一旦与我们的目光接触，他们只能束手就擒。但是在主世界，生长着某种像南瓜又像葫芦的又圆又厚的大南瓜。如果不像我周游得那么远，时间那么长，你们是不会发现这种植物的。主世界到处是灌木丛和黑乎乎的藤蔓，而南瓜的外形有点儿像友好、善良的末影人。人类发现了这个秘密，于是他们把南瓜挖空，像面罩一样戴在头上。一旦他们受诅咒的脑袋戴了这玩意，我们就无法区分人类和末影人了。他们可以混迹在我们中间，作为间谍、探子刺探情报，堪比双料间谍！甚至就是现在，人类可能就在我们当中，这是毋庸置疑的现状！

一阵恐怖的尖啸回荡在中央岛屿上，就像闪电后会打雷一样，接着是末影龙长长的低沉的笑声。

我们有什么办法能对抗这种武器？露普悲叹着。

有什么办法分辨我们当中谁是真正的末影人?卡申问道,同时眼睛死死盯着岛屿边缘的康,还有那个该死的音符盒。

没有办法。克赖承认。或许人类正在听着呢,对吧?没错,现在他们正在聚精会神地听着。克赖沉浸在自说自话中。我们必须小心,千万别孤身一人,最少四个人集体行动,人越多越好。我们空前地需要彼此协助。巩固你们的力量,信仰伟大的混沌之神,他会指引并保护我们,他将毁灭我们的敌人。把潜影贝放在每个角落,如果潜影贝消失了,就说明人类快来了。我们必须比对手更早做准备,一定要保护好自己的土地不让侵略者夺走!

塔皮皱了皱眉,但心里的想法没让别人知道。

肯定有办法辨认末影人!卡申想,他黑色的脑袋上的紫粉色眼睛眯成了一条缝。

他在看我们吗?芬惊恐地问。

他正在看我们。茉回答说。真希望我们没来过这里,他有些疯狂。

卡申的眼睛里满是怒火,目光在芬、茉、康身上扫来扫去。人类不可能想出什么把戏彻底蒙骗末影人!人类或许很有力量,但他们邪恶又愚蠢。他们跟牲口一样用嘴说话,还用嘴吃东西。高贵的末影人才不会用一个洞同时说话和进食。只要靠近观察,我们就能发现并找出间谍。

我可没说过肯定有间谍。克赖急急忙忙地说。只是有这

我的世界：末地

个可能而已，别心急火燎地乱怀疑。我只是作为真正的混沌之神的仆人能看到一些端倪罢了。

但卡申完全不理会精英克赖。现在就有一条线索！这个身形庞大的枢纽在大家的脑海里咆哮着。只要够聪明就能看出来谁是间谍！间谍不喜欢末影人。哦，不！他们跟末影人截然不同，不是畸形就是反常，简直是怪物。无论你怎么接纳他们，他们总是行为诡异。凡是不尊重其他末影人，不懂得末影人的礼貌，也不热爱末地的家伙，不愿意加入末地家族而逃避的末影人……这叫……叫作……离群索居，呸！人类永远也不懂得家庭的意义，他们不论一个人或者一群人都一样丑陋、沉默、令人讨厌、让人憎恶，看着就恶心！卡申完全陷入暴怒中，他光滑的黑色肩膀战栗着，然后因怒火变得通红。这个狂暴的末影公民被他臆想出来的人类形象气得怒不可遏。他们还很吵闹！他补充了最后一句。

走开！茉大喊。你根本不了解我们，你对我们一无所知！

求求你了，卡申！芬站了起来，脚边溅起的草叶和沙子从岛屿边缘落入虚空。我们跟你一起用过餐，一起喝过酒！我们的枢纽被困在主世界的大雨中，后来你接纳了我们！你认识我们，在我们很小的时候就认识我们！我们连南瓜长什么样都不知道！

卡申发出挑衅般的嘶吼向他们猛冲过去。他一边咆哮，一边嘶吼，他的意念在芬他们的脑海中如同恐怖的机器轰鸣。

康！卡申狂喊着自己碎片的名字，挥着长长的手臂给了茉和芬一拳,兄妹俩像布娃娃一样滚到一边。他又一脚把音符盒从岛上踢进黑暗中,然后发出欢快胜利的呼喊。康号啕大哭,白色的眼泪奔涌而出,静静、缓慢地落下来,坠落在黑暗中消失不见了。卡申抓住康的头往地上撞,像要把它撞碎一般。当然,任何一个南瓜都受不了这个力度的撞击。我知道了!我终于知道了!现在一切都明白了!你不是我的碎片!你从来就不是我的碎片!你是一个绿眼睛人类!

康屈服了,躺在枢纽身下的地上痛哭起来。

第五章

间谍

芬和茉把康带回船上。他俩一人一边,把康细细的胳膊搭在肩膀上,用轻柔的瞬移方式穿过岛链。他们尽量不碰到他的痛处。船上一片死寂。末地公会的呐喊声被远远抛在身后,只有闪烁的末地烛,格伦普外壳开开合合的咔嗒声,像末地不停歇的心跳在迎接他们回家。

你的头还疼吗?茉轻声问。

康呻吟着。他们彼此只能听见对方脑海里的声音,但脑海里听见的声音远比耳朵听见的更揪心。因为,你无法在意念中把音量放低,好让你的朋友别太担心,意念无法隐瞒任何事情。

坐在这儿。芬说道。得找东西愈合你的伤口,治疗药水我放在哪儿了?

你们为什么要帮我？康痛苦地问。你们已经听见他的话了，我是个污秽、恶心、丑陋和吵闹的人类。别理我，你们不能帮助一个以后可能会落网的间谍。你们审问我吧，我等着。

格伦普的外壳开开合合，里面发出一阵瓮声瓮气的笑声。

没错，每当格伦普痛恨谁的时候，它就会咯咯发笑。我说什么来着！我说什么来着！没人关注格伦普痛恨谁！格伦普的厌恶是最正确的！格伦普的痛恨是有道理的！哈哈！康，我讨厌你的脸，我要狠狠地咬它！有个秘密告诉你，如果你让格伦普爱咬谁就咬谁，每个人的生活都能比现在好一万倍！

安静！芬喝道。格伦普别添乱！

你可以咬我，格伦普。康悲伤地说。我就是一个活该被潜影贝咬的坏人。

康，别说话。茉在船舱里的木桶后面翻找了一会儿。当她出现的时候，手里拿着东西，然后递给康。把这个吃了，你会感觉很舒服的。

那是个疗伤用的金苹果，茉只有两个，可以说千金难买。那是茉偶然在泰洛斯城一条后巷发现的，当时金苹果放在一个"土堆"上。茉一眼看到"土堆"就觉得是个人类尸骸，毫无疑问，正义的末影人把作奸犯科的人类抓了个现行。估计在末影人的围追之下，他正想把金苹果吃了以求活命。不论哪位混沌之神的子民都该如此战斗，茉不由得对着"土堆"大笑起来。你完了，蠢货！只有蠢货才有这样的下场！

我的世界：末地

康慢慢吃下金苹果，原本他的下巴伤痕累累，但渐渐地，紫色的血液凝固并结痂脱落，头上的瘀青越来越淡，最后消失不见了。这个末影人又一次精神抖擞地站了起来。

他看起来完好如初，跟以前一样黝黑俊美。他的脸庞棱角分明，眼睛还是那样明亮，闪着莹莹绿光，让人喜爱。周身上下完全看不出南瓜的痕迹，没有南瓜种子，也没有南瓜瓤。

卡申是错的。茉说。他肯定错了。你怎么能认为自己不属于这个地方？你跟我们一样是末影人，永远都是末影人，你的枢纽简直就是……

白痴！芬接着妹妹的话说。而且蛮不讲理！

可如果我是人类，你们也看不出来啊！康坚持自己是人类。在你们面前我会伪装成末影人的样子！我是人类，我就是人类！我的一切都能解释得通：喜爱音乐，还有我的……我的眼睛。这就是证据！这个可怜的末影人抽动着鼻子，揉着眼睛，都要把眼睛揉掉了。你知道，人类也热爱音乐。唉……突然他想起来了，我的音符盒！不见了……没了！

回忆同时在他们的意念中浮现：几年前，康在一座内岛上捡到那个音符盒。长着一双闪亮绿眼睛的康，独自在只有稀稀落落几棵树的小岛上溜达。他孤身一人是因为实在无法忍受他的家族。那天早上他的同胞碎片又管他叫绿小子，使得康痛恨自己，于是他哭了。他痛恨家人如此排斥自己，痛恨自己的绿眼睛，每天都祈祷眼睛能变成紫粉色。那天，他看见音符盒躺在黄色的土地上,像在等待它命中注定的主人,旁边还有一双靴子、一把破剑、一袋苹果和煮熟的鳕鱼。起初康不知道这是什么东西,只是摸了摸,完全不明所以。但是,当他触碰到音符盒奇怪的棕色按键时,乐声响起了……

可是,现在音符盒再也找不回来了。

康,以你的枢纽对你的那顿揍,没有哪个南瓜能保持完整。茉说。

你懂什么,你知道南瓜长什么样子吗?康反驳。

呃,不是特别清楚。克赖说像个葫芦,我猜可能是某种水果。

见过吗?康执拗地问茉。

芬摇晃着好朋友的肩膀。康!你怎么会是人类呢?还记得我们五岁那年的末地狂欢节吗?你的枢纽让我们去你家一起参加混沌之神的盛宴。那是唯一一次他们允许我俩靠近你家。还记得吗?

记得。康含混不清地回答。

你还记得他们为什么让我们去吗?

因为我哀求他们。我答应他们,如果让你们参加宴会,我就整整一个月不碰音符盒。我告诉他们,伟大的混沌之神应允许所有孤单的人参加盛宴,不然那些人就会在周围到处溜达,什么事都干得出来。如果你俩能跟我们一起过节,就是最棒的混沌之神盛宴了。每个人在狂欢节期间都不应该孤独。雨水可能降临到任何人的头上,孤独不是你们的错。

我的世界：末地

没错，你做到了！因为你是我们的好朋友，跟你的音乐一样棒的好朋友！康，如果你已经当了这么多年的人类间谍还没人怀疑你，好吧，说实话我觉得你都可以当末地国王了，因为你太厉害了，这可是长期潜伏呀！我们只是孩子，孩子怎么会是间谍？这太荒谬了！

我想你是对的。康叹着气说。

没错。茉也赞同芬的话。你的枢纽就是个蹩脚侦探，这是板上钉钉的事实。

可我的眼睛是怎么回事？其他人的眼睛都不是绿色的。这你们得承认吧，实在很难解释得通。

兄妹俩沉默不语，这确实很难解释。

我们无法解释，但不意味着它就是异常的。茉优雅地说。也不能证明你是怪物，有些事物天生与众不同，就是这样。比如，有的水果跟其他水果就不一样；有些树木高，有些矮；有些城市又大又漂亮；有些人……

茉，这正是我要说的，有些人的确很特殊。康还是坚持着。在末地，大家全都一样。你说的那些情况可能会发生在主世界，但在这里大家没什么不同，连紫颂果的颜色都一样，末地城都一样大、一样美丽，每个人外表都相同。大家都是一样的，只有我例外。

还有我们。芬补充道。我猜咱们是因为有异于其他末影人才情投意合的。难道这不是混沌之神的安排吗？应该是这样。

其实，他们谁都没有袒露自己的真实想法。换言之，他们都在思考，虽然想了很多，却没有开诚布公。此时，他们的意念静默得像头顶的夜空。

可你们跟我不一样，真的不一样。康终于忍不住说出了真实想法。你们跟其他末影人外表一样，只是你们的枢纽被困在了雨中。你们的与众不同仅仅是个意外而已，长大后还可能有转机。芬会变得人高马大，有自己的末地，再也不会有异于其他末影人，一切都会好起来。以前是正常的末影人，长大后还是正常的末影人。可我的眼睛不可能变成紫粉色，永远都不可能。

我讨厌紫粉色。格伦普在壳里暴躁地发出砰砰、砰、砰砰的声音。

谢谢你，格伦普。康愉快地说。你这么说实在太体贴了。

我也讨厌绿色！它又发出砰砰、砰、砰砰的声音。今天格伦普的壳开开合合的声音很奇特，听起来像咯咯的笑声。也许我会咬绿眼睛一口！

康的双手搭在一副金胸甲上。我认为现在还不能排除我是隐藏的人类这个可能性，现在还不能。

芬甩了甩手。康，别老提这事！现在，听着，你想在这里待多久就待多久，我们会保护你。我们有很多武器，有些杀伤力很强，你别担心，但别再说你是人类了，真的让人很不舒服，这是个恶心的笑话。

茉摇摇头。你不是人类，肯定不是，绝对没有这个可能。

我的世界：末地

为什么不可能？

因为人类是可怕的怪物，他们粗鲁、丑陋、贪婪。但是，你……你很好。

兄妹俩看见康意念里的末地烛，白色火星再次慢慢坠落。火星掉落时从白色变成红色。兄妹俩明白，他们的朋友正在号啕大哭。这时，只见康抬起长长的黑色手指揉搓着脸庞。

你们还不理解吗？我想成为人类，希望自己是人类！莫名其妙地，我竟然希望枢纽的话是真的，只有这样一切才解释得通。我突然明白了我的种种异常！我的生命就像一本故事书，翻到最后一页才能理解：本该如此！这简直太完美了！我怎么没想到呢？每个证据都落到了实处。我知道我是谁了。在某个地方，我与别人擦肩而过时，没有人奇怪地盯着我，我跟其他人一样，没有人在意我，我是正常人。当我弹奏音乐时，当我弹奏曲子时，其他人会静静地聆听。

康一直揉搓自己的脸，撕扯自己的脸颊，不停地刮擦，痛苦地把手指插进皮肤。茉知道他不是在揉搓，而是在抓挠，抓挠那个他渴望而又看不见的南瓜。

芬紧紧抓住康的手阻止他，温柔地与他进行意念沟通。嘿，别这样，深呼吸。

茉的心像被揪了起来，她想起一件事，这件事已经被遗忘了好多年，因为她想不明白。那是个仅仅使她丰富的财产锦上添花的东西。当时，她看见那东西摆在一枚烧焦的军章旁边，它原属于一个本想凭着击败末影龙提升等级却死于非命的愚蠢人类。末影龙在天上盘旋，冷冷地嘲笑他。那天真是太幸运了，那个人类携带数量庞大的财宝和武器，后来都归了茉。可她把这东西放哪儿了呢？茉爬过一堆附魔书、散落的绿宝石、一些弓箭。是得好好归置一下这些旧货了，但今天不行。今天，茉必须动用她混乱的记忆系统寻找她要的东西。不过，还得托伟大的混沌之神的福，书让她想起纸张，进而想起音乐；绿宝石让她想起康的眼睛。不论何时，只要听到康弹奏音乐，她就感到好像有一支箭射中了胸口。如果你是茉，就能感同身受。

终于找到了。

茉费力地从一堆发黄的旧货中拖出个东西，还带出了好多箭镞、绿宝石和旧书，这些旧书她曾经满怀信心能够读完。她跪在康身边，往他手里放了一样东西。

拿着。她轻声说。看见了吗？一切都会被修复。如果你拥有自己的末地和碎片，万物都能再次复原如初。

原来，那是一个音符盒。

康抽泣着，他没有立即去碰触失而复得的宝贝。他几乎对音符盒产生了恐惧，怕眼前的一切不是真的，怕希望破灭。他的意念火花掉落在周围，如同紫色的萤火虫在闪光。

年轻的末影人把手指放在音符盒上，闭上了悲伤、疲惫的眼睛，开始弹奏。

第六章

决战

克赖登上船的时候,他们都睡着了。克赖不是一个人来的,当然不是,他怎么可能孤零零一个人?谁不认识大名鼎鼎的克赖呢?

有人接近这艘船!格伦普的声音在茉和康的脑海里炸响,把他们从熟睡中惊醒。很多人正在接近这艘船!醒醒!醒醒!我讨厌这些人!醒醒!赶快保护我别被这些人打扰!

古老的精英克赖接近芬和茉的船尾,身边跟着八个又高又壮的末影人。芬透过舷窗看见他们沉默着从右舷一侧上来。芬用力摇头赶走残存的睡意。茉揉了揉眼睛,心脏剧烈跳动。康犹豫着,不明所以。克赖的随从没有意识和思想,他们的头脑空荡荡、黑乎乎,就像他们长长的倾斜的身体。

他们不属于克赖的末地。芬说。他集中精神将意念化作一道如同聚焦后清晰而纤细的激光，精准地发给同伴。我认识他的碎片，他的子碎片，还有他更低级的碎片。伟大的混沌之神赐予他数不清的后代，这就是克赖如此智慧的原因。他用智慧在末地存活了那么久，庞大的末地环绕着他，听命于他，克赖的智慧远超出别人的预想，他的家族永远不会分崩离析。大家不喜欢听他说话，因为他太无所不知了。

八个末影人围着克赖摆开队形，两个站在他的侧面，其他六个分散在甲板上就位。前进！所有人整齐划一地喊，"声音"响亮、有力，芬他们听得一清二楚。我们誓死保卫你，不让他们逃走，他们别想伤害你或者违背你的命令。向伟大的混沌之神致敬！

愿混沌之神的荣光照耀着你们，代理碎片们。克赖感谢他们的忠诚，但话语里没有任何感情色彩。

克赖有了新末地。茉说，同时仔细观察着对方。他们是士兵组成的军队，是足足有一支小分队规模的正规军。

芬皱起眉头。可我们……我们跟克赖是同胞啊。为什么克赖带着士兵登上我们的船？为什么说我们要逃跑？为什么说我们要伤害他？如果建立一支军队对抗人类，我们肯定是其中的一员，对吧？他们来这儿是要命令我们做什么吗？我不明白到底发生了什么。

我明白。格伦普有些郁闷。你肯定会恨他们的，我恨死他们了。这是你的错，因为你不让我咬任何人的脸。现在你极其愚蠢，太没意思了，真糟糕，真愚蠢！

我的世界：末地

可能他们来这儿是为了抓我吧。康悲伤地说。他们可能要审问我，查出南瓜面罩的证据。

克赖和他的两个贴身卫兵轻手轻脚来到一道沉重的木门前，这道门把船舱底舱和甲板分成两部分。

以混沌之神和指挥官克赖之名命令你们立即打开大门，碎片们。服从命令，不然你们就承担一切后果！

兄妹俩本可以不假思索地把门打开，可现在这种紧急的情况，他俩为什么不照克赖的话做呢？因为眼前几个末影人的行动如此怪异，而且康藏身在船上。

他们只想保护康。

我们不能开门。说着，茉用手死死抵着门闩。

如果我们不开门，他们就会破门而入。对方有九个，是我们人数的三倍。芬回答。没办法，我们只能听他们的。

芬，不说话没人把你当哑巴。你总是有办法的，即使是馊主意，也是个主意啊。茉对哥哥翻了个白眼，然后向紧闭的大门喊道：如果你们是冲着康来的，我告诉你们，别想抓走他！他不是人类，我们可以用身家性命担保！你们别妄想抓走他！我们船上有一大堆炸药，还有数不清的刀剑，你们不如怎么来的就怎么回去，那才是你们该干的事！

这时，克赖的话像沉重而清晰的脚印刻在他们的脑海里。我很清楚船上有武器和各种宝贝，我想你也了解，那个畸形的碎片是最不值钱的。我不是他的枢纽，他也跟我无关。如果你们不想为长辈开门，随便你们。

康是船上唯一让芬和茱不惜一切代价保护的人，为此惹上麻烦也无所谓。兄妹俩不安地耸耸肩，然后拉开门闩。他们抬头望着克赖苍白衰老的双眸。然而，那双眼睛此刻不像在末地公会见到的那样神色暗淡，老眼昏花，眼前这个老头儿目光锐利地盯着他们仨，眼神犀利而凶猛。

很好。克赖边说边打量船舱深处。正如卡申说过的，这个老末影人犀利得能看穿芬的眼睛。把这些全都搬走。他向士兵下命令。

他的两个士兵满意地推门进了船舱，开始搜查兄妹俩珍爱的宝贝。士兵们把东西逐个仔细检查，对每个物件都评判一番，然后一个接一个传出船舱交给他们的同伙。

你们在干什么？茱吼叫着。快住手！那是我们的宝贝！这些也是！住手！请住手！这是我的，求求你，不！那是我的鞘翅，是年代最久远的一双！我发现的时候它们就在船上了！你们无权拿走！

一个士兵捡起一把钻石斧子，另一只手拿着一张弓。这把斧子归我啦。她挥舞着两件宝贝满意地说。士兵名叫塔玛，是个上尉。她时刻用军阶和名字将自己的思维包裹得像枚勋章。

芬想把东西抢回来。不行，你不能拿走，那是我的！我光明正大地打败了偷袭者才得到的，它一直属于我。你这个贼！强盗！滚回去用你自己的双手去夺取装备！可是，士兵大笑起来，轻而易举地把芬推倒在地上。

现在它是我的了！塔玛冷笑着。我现在正大光明地从你

我的世界：末地

这里拿走了。伟大的混沌之神显灵了！

康把自己的音符盒紧紧抱在胸前，慢慢往后退。他一直往后退，肩膀砰一声撞在格伦普的壳上，格伦普发出一声哀号。

小偷！小偷！你们是小偷，强盗，暴徒！格伦普悲叹着。滚开！滚开！不然我就咬你们！快滚开，不然我真的咬你们了！怎么都要咬你们！末影人是不用武器的！滚出去！

克赖双手交叉放在胸前面对他们，他们在意念中仿佛看到他咧开嘴。我们祝福艾尔莎，她是至高无上、圣洁无比的混沌之神代言人。由于我的地位和多年的经验，她授予我末地军队指挥官的荣誉，允许我在制订生存计划时可以动用一切手段。为什么末影人不应该使用武器？人类就使用武器，我们能比人类用得更好。你明明能很轻易地捡起地上的一把好剑，却视而不见，那是很愚蠢的。我神圣的使命就是组织人民起来战斗——指挥官克赖瞟了一眼康，继续说——据可靠消息，你这个不快乐又麻烦的碎片在这儿有个小型军火库。没人管得了你们，这是个严重的隐患！你们还不是精英，没资格组建自己的家族。战斗结束后，你们会被分配到能接收你们的末地，在那儿跟其他碎片一起成长，不能搞特殊。而且这里的东西不是你们的。我们放任了你们很多年，没有我们，没有我们的爱和怜悯，你们得不到现在的一切。仔细考虑一下吧，这些东西我们都征用了，就当你们回报末地的善心。

芬的眼泪奔涌而出。你的意思是，让我们一无所有，完全忽视我们，还在背后议论我们，不让我们进城参加狂欢节。

而且……也不让我们去末地之穹，还……抛弃我们，仅仅因为我们的枢纽去世了……你们从来不关心我们是不是活得下去。

你们还有我。康平静地对芬和茉说。

除了康。芬说。

指挥官克赖不耐烦了。没错，我就是这个意思。我们让你俩独自长大，从自然中学习，还拥有了这些财富。现在如果有人向我讨要你们这种特权，我是不会批准的。现在，我要把所有东西收回去，整个世界已经彻底变了。末地处于危险中，我们如此仁慈，不知道你们还有什么好抱怨的。我们容忍你俩在这儿生存已是莫大的恩惠！我们本可以把你们流放到主世界，主世界会逼你做一些更有意义的事情来实现所谓的高尚的人生目标，例如在地上挖洞才能栖身。如果你俩总是忘恩负义地抱怨个不停，我会重新考虑对你们的待遇。当心那些剑，下士穆鲁！如果你第一天就把自己弄伤了，就无法在战斗打响时立功啦。芬、茉，人民需要你们，这是最危险的时刻，每个末影人都要做出牺牲，每个末影人都要奉献自己，末地才能继续存在下去。

下士穆鲁把剑插进剑鞘，弯下腰捡起一个圆圆的东西。

放下！茉高喊着。别碰它，你敢！她爬起来，像只猫一样飞身跃过一个士兵。茉在慌乱中抓破下士穆鲁的手。放下它！那不是武器，你们用不着！那是我的！求求你，求求你放下它！茉拼命打下士穆鲁的胳膊。对方吼叫起来险些把手里那个圆圆的蓝绿色东西扔出去，茉上去抢却扑个空。它什

我的世界：末地

么用都没有！她无助、愤怒地抗议着。它什么用都没有，它是我的，别碰它！

指挥官克赖迅速把脑袋偏向一边，对这些小东西他很慷慨。穆鲁漫不经心地把那东西朝身后一抛。茉疯狂地一跃而起接住了它，紧紧抱在胸前。

我们不会让你俩一无所有的。克赖说这些话的同时，兄妹俩的所有宝贝和家当已经被搬到船外。你们可以保留一些……有纪念意义的东西。当然，还有保卫自己。

保卫自己？但……我们不是末影人吗？不是末地的一分子吗？我们要跟你们并肩战斗。现在我们就跟你们走！说完，芬看到两个士兵翻着几本书，他们把书拿在手里上下颠倒地闻了闻，然后困惑地望向他们的指挥官。

我们不需要那些东西。你们至死都不许阅读人类写的东西。放下吧。克赖说完又转向芬。别傻了，你们没经过训练，不用去冲锋陷阵。我们又不是冷血动物！伟大的混沌之神不需要碎片当祭品。你们打不了仗，我指派你们加入其他末地组织，以便在群体中增长智慧，同时也加强他们的能力。你们不是战士，我可怜的无辜羔羊们，你们只能当个辅助配件。好了，向我报告，你们在这儿还发现了什么？别撒谎，你们蒙骗不了我，一切都在我的掌握中！

茉的身子晃了晃，紧紧抓着刚才从下士穆鲁手里抢到的东西，就像康护着音符盒那样。她的意念波动像心跳般剧烈。如果你们开口跟我要，我就会给你们。这里是我们共同的家，我也希望打败人类。

康抬起头，眯起绿眼睛，眼神透出怒火和无尽的仇恨。你也好不到哪儿去！他丝毫不留情面地低声说道。

克赖的注意力从双胞胎转向康。仅仅一天前，在末地公会上，克赖看起来还像个和善的老末影人，现在全变了。孩子，说清楚，我比谁好不了多少？

人类！康厉声说。你到这儿来，未经许可，满不在乎地拿走你看上的东西，只想到自己用不用得上。你劫掠这艘船，跟人类劫掠末地一样。你强抢我的朋友，把他们的家洗劫一空。人类不停地强取豪夺，直到拿不动为止。他们像高大的烈马，一直吃个不停，愚蠢得不知道自己的容量，乃至吃到肚子爆炸。你的所作所为跟他们没有区别。我不明白为什么我们成了别人的配件，反正左右是个死，死在谁手里有什么不同呢？

克赖眯起发光的眼睛。你对人类感同身受，了如指掌。小康，我想知道你是怎么对人类这个物种了解得如此透彻？这些精彩的观点是从哪儿来的？难道安抚你枢纽的怒火是我太轻率了吗？

不。芬赶紧岔开话题。没什么大不了的，那都是些旧货而已。说这些话的时候他觉得有些恶心，快吐了。只是些垃圾而已！芬看见上尉塔玛收集了几十只不同类型的箭镞——再生之箭、抗火之箭、剧毒之箭、光灵箭、水肺之箭，甚至还有宝贵的神龟之箭。她把那些箭收拢成一堆，像是没有区

我的世界：末地

别、完全相同的一捆棍子，然后像抱柴火一样拿出船舱，交给其他末影人士兵。

拿走吧。茉也附和着哥哥。我们愿意帮助大家，我只是说你们可以开口跟我们要，没有别的意思。

跟我猜想的一样，你们的东西不过是一堆垃圾。战争期间，繁文缛节就是浪费时间，跟你们一样派不上用场。这里繁文缛节无处不在，整个末地都这样！啊，在我们小队这个集体里，我感觉自己的大脑在飞速运转，妙语连珠，真的太伟大了！你们谁能想象得到，也许战争早在数年前就开始了呢！

砰、砰、砰！格伦普的壳微微地颤抖着。指挥官克赖不屑地向船尾挥了挥手。格伦普，别捣乱。我知道你恨我。

我希望有个人类能吃了你的眼睛。格伦普低声说。我就是这个意思。

船舱几乎被搬空了。只剩下那些书堆在角落像歪歪扭扭的塔，还有几支火把、两三把剑和零零散散的几块盔甲躺在地上。芬看着克赖的士兵在互相庆贺出色完成任务。你们为什么还拿走紫颂果、胡萝卜和熟羊肉？你们的行为怎么跟人类一样？

我们饿了。下士穆鲁和上尉塔玛一起说。

我们也饿了。三个末地碎片异口同声。

关我什么事？上尉塔玛一边说，一边爬上通往外面的楼梯。你配当上尉吗？

你最好赶紧找些吃的，你有吗？下士穆鲁问，他比其他人和善了些，仅仅稍微和善一些而已。

我们的任务完成了，小碎片们。指挥官克赖宣布。

你们可真是宽宏大量！茉嗤之以鼻。

你们这些小东西还敢翻天！别向我挑衅，小心让你们尝尝我的厉害！你们必须每天午夜前向中央岛屿报告异常情况。我们留下的东西足够装备你们自己，所以希望你们拿出应有的态度，懂吗？

他们四下打量空荡荡的船舱。突然，格伦普的壳里响起回旋撞击的咔嗒声。克赖冷酷地盯着他们三张不开心的脸庞。认命吧！你们不配拥有这些奢侈品，根本不知道怎么正确使用金剑，你们就是用它们做饭罢了。我们已经给你们留下了足以保卫这艘破船的东西，别贪得无厌。

茉、芬和康对克赖怒目而视，一言不发。

我说过，要懂得感恩！以伟大的混沌之神的名义起誓，我马上就会教你们如何懂得感恩！

谢谢你，指挥官克赖。芬、茉和康颤抖着，愤愤地向克赖道谢。

这还像个样子，晚安。如果你们擅离职守，我就告诉第一个我见到的人类，让他知道你们藏在哪儿，你们的味道有多鲜美。年轻人，如果让我听见人类同情你们的话，哪怕一个字，我就会让医生解剖你们，看看你们是否真的从皮到骨头都是末影人！说完，克赖和他的士兵就走了，像一场龙卷风袭击了这艘船，卷走了一切，只留下残骸。

我的世界：末地

康盯着克赖的背影。我记得在末地狂欢节上，克赖给了我一整只烤末影螨吃。他说我是个英俊的小伙子，还给我讲了个有趣的故事，说的是主世界的一头猪。

我觉得他是要所有末影人向他下跪吧。茉不寒而栗。

"指挥官"这个词真有意思，能把一个人变得面目全非。芬嘟囔着。

我讨厌他！格伦普生气地说，连壳都没张开。

格伦普，这次我同意你的观点。茉说道，而康则安慰地拍了拍格伦普的壳。

猪是粉红色的。绿眼睛末影人康说。它们吃泥土所以变成了粉红色，这是克赖说的。

芬和茉皱起了眉头，这听着不像真的，但他俩也没想去纠正朋友，现在不是讨论这个的时候。

嗯，我们还剩下什么？康久久地盯着空荡荡的船舱，心情很糟糕，就像看着他们一无所有的未来。

芬叹了口气。一把坏了的木剑，一支三叉戟——我猜塔玛从上边踩了过去。一张弓，一人一件皮外套，看起来好像我们要跟谁决战似的。还有一把坏了的石剑，真漂亮！有一大堆书，你的音符盒，一些没用的药水，还没全洒出来。还有一碗紫颂果！芬每说一件东西，茉都大惊小怪一番。

芬和康不由得对她敬而远之，但很想看看她不惜打了一个末影公民，准确地说是一位正规军士兵而抢下的那个东西。

茉坐在船舱地板上纹丝不动，保持固定姿势，紧紧抱着那个东西。就是下士穆鲁想拿走的东西,圆圆的,蓝绿色,看起来对她很重要。

没什么。茉说。她发光的眼泪在朋友的脑海里像雪花般飘落。太蠢了。我不知道为什么,一看到他把这个乱扔我就疯了,他会把它弄坏的。

芬的身体靠过来。茉,那个到底是什么?

茉轻轻抚摸着臂弯里的东西。这是我的,我自己的东西,我从没告诉过你。去年夏天找到的,末影龙指给我看的。

末影龙送给你的?康简直不敢相信。那个大家伙可是从来不为任何人做事。

不是送的,它只是指给我看而已。在岛的下面。可能是有人扔下去的,也可能是在那儿产下的。也许是谁释放的魔法,或者是命运。她摇摇头。真的,太蠢了,我总以为……它有用处,但一直没弄明白。茉张开长长的黑色胳膊,膝盖上露出一颗大大的有些发霉的绿色蓝色紫色黄色混杂的蛋。我想,如果我把它放在温暖的船舱里,旁边点燃火把,说不定能孵化出什么呢。

以伟大的混沌之神的名义,这个到底叫什么?芬蹲在地上问茉。

它是僵尸马的蛋。茉承认。可现在它被摔破了。

第七章

人类

夜深了。

黎明来了。

在末影龙华丽又贫瘠的中央岛屿上，末影人像同一个民族一样聚集起来。他们排成方阵矗立在黑曜石塔下。塔顶的银色灯笼里水晶火苗熠熠发光。末影人穿戴的装备全是兄妹俩的财产，他们胡乱披挂在身上，也不管合不合身。年轻的末影人在各方阵间奔跑，传递补给和命令，向家族奉献自己的力量，尽力使末地在战争中取得优势。茉奉命担当侧翼弓箭手，芬作为救护队员跟着克赖驻扎在很远的地方。但不管人们对康的外貌如何评论，没人信任康，没人愿意接纳他进入自己的队伍，于是康退缩了，跟以前一样成了局外人。不过，这一次，他手里多了一把坏了的石剑，好像能自卫似的。

伟大的末地军队万众一心面对黑暗，随时准备为末地献出生命。末影龙在他们头上盘旋，准备向人类喷出饱含仇恨、反击和死亡的烈焰。

大家都准备好了。

这是激战前的宁静，静得好像能听见黑暗中彼此的呼吸声，听见末影珍珠在每个末影人心中唱响的永恒旋律。这么多末影人聚集在一起，他们的智慧像电流一样在彼此间碰撞出火花。此时，如果不是因面临灾难而被召集，联合在一起的末影人可以解答任何抛向他们的问题，能发明出任何划时代的机器。如果宇宙中最智慧的生物向他们提出最难的哲学之谜，末影人也能在三四秒内做出解答。庞大的末地拥有最高智慧的人民，前无古人，后无来者。

微风轻轻吹拂。这是特大风暴、大灾大难和激战前的反常宁静。

但是，什么事都没有发生。

最后，大家各自回家，他们又饿又累，还有些无聊，因为他们除了等待什么都做不了。末影人制订了作战计划，假设人类没有出现，他们就不战而胜了，但他们真的赢得战争了吗？恐怕他们自己都不确定吧。

茉、芬和康回到船上，到处一片死寂。他们在甲板上站了一会儿，感觉困惑和沮丧，还有他们不愿意承认的——失望。倒不是他们渴望战争。战争很危险，随时会死亡，还会失去身体的一部分，不只是胳膊、腿，还有灵魂、心脏、记

我的世界：末地

忆。可是，当你热血沸腾地想做一件事，后来却没做成，那个积攒了所有勇气的地方就会留下一个奇怪的空洞。

不幸的是，持续的意念传输意味着无法隐藏自己的感受。他们都感受到那种异样的失望。他们知道，他们不会因不能上战场跟人类厮杀感到失望，可还是因愧疚而沉默。

兄妹俩的栖身之所家徒四壁。他们望着阴暗的船舱，墙上的火把还在明灭不定地闪烁，至少没被拿走。壳里的格伦普气呼呼地靠在远处的墙边。茉多希望施个魔法，一切都恢复原样，船舱又变成满登登的样子，可这当然是不可能的。船上紫色和黄色的木条已有多年没有露出来，现在却随处可见。它们以前被大堆东西，例如柜子和箱子挡着，免于被灰尘和脚印弄脏，还有堆积如山的书没有归到原位。

跟格伦普一样，他们痛恨这一切。

芬。茉惊慌失措地说。我们现在是穷鬼了，没有食物，没有金子，一无所有，怎么活下去？

芬皱起眉头。说不定一两天后他们全都还回来了。不对，说不定克赖又给我们讲几个猪的故事。

猪是粉红色的。康心烦意乱地说。

芬点点头。他是这么讲的。

可我是认真的。我们吃什么？今晚吃什么？现在吃什么？我饿了。茉说。能吃书吗？茉揉着她黑色的肚子。我想我们可以吃书，但有用吗？书有营养吗？说不定它们含有优质脂肪或者其他什么的。

你敢！芬大惊失色。书是芬在旁观末地之穿训练时最亲密的东西，他希望可以用这些书来向敌人学习，研究对手。我们就剩这些书了。为什么不吃那颗蛋呢？它至少是食物！僵尸马含有的优质脂肪更多！好吃！好吃！好吃！

茉冲到存放蛋的角落，轻轻把它抱在臂弯里，仔细检查表面的裂纹，好像跟她出门时裂开的程度差不多。太卑鄙了，你怎么这么卑鄙？你敢碰它，我饶不了你！

芬的心情不太好，他真不是想让茉失望，决不是这个意思。他太饿了，但起码那颗蛋还是能吃的，即便是个僵尸。而且，他这么说还不是因为茉饿得想吃书吗？茉，对不起！我是有些卑鄙，可弹尽粮绝，现在它仅仅是……还是让它起到应有的作用吧。

茉瞪着他，把那颗蛋抱得更紧。

突然，格伦普的壳飞快地开开合合了三次。他们惊讶得差点儿跳起来，原来，有三个苹果从潜影贝的藏身处滚落，砰地掉在地上。

格伦普！芬和茉狂喜地大喊，一把抓起苹果。

谁是可爱的乖孩子呢？茉不停地亲它的壳。格伦普在里边咆哮。不是我！不是我！这些是毒药，快滚开！

它们不是毒药！芬大笑起来。它们是好吃的苹果，你是个乖孩子，对，你就是乖孩子！

你真是太勇敢了，从指挥官克赖手里抢下这些食物。康大为赞叹。

我的世界：末地

我没有！你别诬陷我。最好你被苹果噎着！格伦普语无伦次地说。然后它再也不说话了，不论兄妹俩怎么温柔地叫它的名字，说好听的话哄它，希望它多吐些食物出来，可潜影贝知道呕吐对自己可不是什么好事。

他们用剑穿着苹果放在火把上烤，下次的盛宴还不知道什么时候呢。他们只能从零开始，像小时候一样，又要从紫颂树上摘果子和花朵，没完没了地当乞丐。

吃完苹果，他们还不太饱，而且有些不舒服，还很疲惫。在末地，潜影贝就是潜影贝，苹果确实像潜影贝说的稍有毒性，不过他们每人只有一个苹果。苹果可以吃（但他们还是饿），而且他们还有些许难受（微微中毒）。茉、芬和康背靠背坐在船舱坚实的地板上。茉环抱着那颗蛋，康环抱着音符盒，芬蜷缩在书堆旁，全都筋疲力尽。这个窘境在他们的记忆里还是头一次——脑海中一片空白，对外界麻木不仁。他们梦见了苹果和猪，音乐和枢纽，还有一场短而急促的雨，虽然天空晴朗无云。

几小时后一阵低语传来。在死寂之夜。末地的一切时段都被称为"死寂之夜"，但这次是真正的。末地烛的光处在最暗淡的时候，到处笼罩在一片黑暗和寂静中——接着……

又是一阵低语。

声音从门外传来，就在甲板上，轻柔、隐秘、饱含杀气。

茉先醒来，心脏剧烈地跳动着。克赖已抢走了一切，为什么还要回来？茉挡在哥哥和朋友前面保护他们，把手里的蛋藏在身后，说不定是克赖想把这个宝贝也抢走呢。

这时，外面传来更多的低语，声音也越来越大。

芬也醒了，他紫粉色的眼睛在半明半暗中张开一条缝。

外边有人。茉跟他说。

康坐了起来。是我的枢纽吗？卡申？泰格？

应该不是。茉看了一眼船尾和格伦普那边的壁架。不知道格伦普为什么没有大喊大叫。

说话的人越来越近，就在门外。他们正用什么东西狠狠撞击木门，说话声清晰可闻。芬和茉立刻意识到外面有情况，眼睛瞪得大大的。

怎么了？康不住地看着他俩，不明白发生了什么。

小声点儿！你听！茉示意他。

是的，我也听见他们说话了。是克赖吗？下士穆鲁？上尉塔玛？康紧张起来。

茉拉过他的手紧紧握在手心里，然后把他的手按在头的一侧。是的，康，你听，你能用耳朵听到他们的声音。

有人在外面说话，不是用意念，不是用优美的词句优雅地不断出现在另一个人的意念中。他们的话是用脸上的嘴巴说出来的，好多张脸。格伦普没有预警，因为它也不知道。潜影贝无法探察到上船人的意念，因为对方不是用意念对话，你监测不到他们的意念，因为他们的嘴巴是张开的。

"轻点儿，你个笨蛋！"

"怎么了？怕我吓着那些宝贝？"

我的世界：末地

"跟其他大破船一样，这也是艘破船。赶紧进里面打开箱子拿走鞘翅，然后离开。打怪，捡东西，再来一波。"

"我不清楚有没有苦力怕。太安静了，还是小心为好。"

"你回去找末影龙吧，它挺热闹。"

"你不知道它是猛兽？"

"天哪，我们到底要不要抢劫这艘船了？"

"当然。"

"好。"

"你先上。"

"无所谓。天哪，劳瑞，你真没用！"

三个末影人恐惧地盯着紧闭的门。

人类。

来了。

就是现在。

他们无处可逃。

门被猛烈撞开。四个东西一拥而入。他们是一种矮墩墩、笨哄哄、圆滚滚、脏分分的生物。与末影人美丽光滑的黑色皮肤不同，人类居然有好几种肤色！他们的衣服也是五颜六色的，一个红色，一个蓝绿色，一个绿色，一个黄色。他们竟然穿着衣服！各种各样的衣服！末影人的皮肤是集皮肤、衬衫、外套、裤子和盔甲于一体的。芬他们从没见过衣服，从来没有。当然，他们有胸甲。但牛仔和T恤呢？芬和茉不知道这些东西叫什么名字。它们看起来比盔甲好不了多少，对末影人来说有什么意义呢？

人类暴徒一边怪叫，一边挥舞手中的武器猛冲进芬和茉的地盘——他俩的家，大笑着疯狂地挥着剑，甚至看都不看要攻击的目标。那个穿蓝绿色衬衫的女孩朝康冲过去，她将一把钻石剑举过头顶，一声怒吼就向康劈下去。呼的一声，茉猛击中她的肚子，趁她弯腰时又往她背上来了一下，不然康的手就被砍下来了。

"呃，"这个女孩咕哝着说，"我讨厌这些家伙，真麻烦。"

"啊！"一个穿红衣服的女孩喊道，"那个家伙的眼睛是绿色的，太酷了！"

别碰他！茉威胁她，但人类感受不到茉的意念，如同听不到别人的心绪之声一样。

我很好。康颤抖着说。她伤害不了我，我手里有剑。康在身后摸索着找到了剑柄。

茉打算用末影人的恐怖凝视对付红衣服女孩。末影人一旦用视线锁定猎物，就会进入狂暴状态，浑身充满狂暴的斗气，不把目标撕得粉碎，决不罢休。

然而，红衣服女孩并没有察觉到末影人的恐怖凝视，反而和其他人交头接耳，彻底将茉当成了空气。

穿黄衬衫的男孩跑到格伦普那里，用一把三叉戟胡乱敲打格伦普的壳。一把三叉戟！芬实在太喜欢这武器了！他只有一把，还差点儿被克赖夺走。三叉戟可是他最喜欢的东西，

我的世界：末地

芬一直希望找着另一把配成一对，但总不成功。他紧盯穿黄衬衫的男孩，挡在他和格伦普中间。三叉戟打在芬的肩膀、膝盖上，擦过他的胳膊肘，给他造成的伤害比别的武器多得多。

"滚开！"黄衬衫男孩向芬咆哮，"我可没时间收拾你！"

请放我们一条生路！芬悲号着，他的胳膊受了重伤。芬把目光聚焦在对方的眼睛上，喷射出怒火，那是祖先遗传下来的超能力，无比强大，摧枯拉朽，是他与生俱来的本领。可那个人类男孩好像对这种能力毫不在意，也感受不到芬的意念。人类只不过是看见一个末影人因痛苦或愤怒而眼睛发出红光，并没有立即冲上来要他们的命而已。

格伦普还没完全清醒。它暴怒得说不出一句完整的话，只是发出仇恨的狂叫，像一把尖刀直插进几个末影人的脑海。把他们全消灭掉！格伦普尖叫着。

"这都是什么垃圾，"穿绿衣服的男孩说，"到处都是破烂！连个箱子也没有吗？从没见过这么糟糕的末地船。格尔老兄，你连潜影贝都对付不了吗？真差劲，你就别打扰人家了，随它去吧。"

"我们走吧，贾克斯，"穿红衣服的女孩叹了口气，"太傻了，我们跟无头苍蝇似的，肯定有人先下手了。"

"唉，对不起啦，各位，"刚才差点儿伤到康的女孩开口说话，"没想到其他人已经来到这么远的地方，抢先一步洗劫一空了，我们真不走运。我叫劳瑞，"她指了指红衣服女孩——"这位是杰斯。那个大块头是贾克斯，瘦的是格尔。"

他们在跟谁说话？茉的头脑一片混乱，她紧紧把蛋抱在胸前，这样才能安心。这就是人类侵略吗？

我不知道。芬喘着粗气，胳膊皮开肉绽，疼得火烧火燎。他逐一打量敌人，双拳紧握，随时准备再次战斗。

贾克斯做了个鬼脸："装成末影人在这儿闲逛是有些奇怪，但我猜你是有目的吧。你把那条龙击败了吗？要是没有，欢迎加入我们的队伍，要是敢和我抢东西，我就扎穿那个坏小子的心脏。"

"别这么说，"杰斯打了个响指，"你好吗？贾克斯太没礼貌了！你想说什么吗？你懂的，就是套着南瓜也能说话。"

康睁大明亮美丽的眼睛。他们在跟我说话！康这样想着。我果然是人类，一直都是人类。他们以为我洗劫了这艘船，就像他们一样。他们以为我抢了这艘船，还欺骗他们我是个无害的末影人。他们……应该是对的。

康朝人类迈了一步，脸上的表情悲喜交加。康张开嘴想说话，是真的说话，不是用轻柔又沉默的意念，而是真正的词语，人类的语言。

"哦，杰斯！"格尔大喊，"小心！他冲到你那儿去了！"

格尔挥舞三叉戟猛地冲上前刺中康的脸颊。伤口流血了，但不深。康目瞪口呆地看着人类，心中充满痛苦和困惑。

"你们差点儿把他杀了！"那个叫贾克斯的说，"不过，偷袭挺有趣的，不算作弊，这会使清扫区域这个首要任务容易得多。别担心，末影人看不见你们，他们蠢得都不会呼吸了。

我的世界：末地

只要戴上南瓜，就能一个个击败他们，对方还没反应过来就一命呜呼了。"

芬和茉只能站在那儿，直勾勾地盯着眼前的几个人类。格伦普还在他俩脑海里嘶叫，想盖过人类的说话声。刚才兄妹俩积攒的勇气已烟消云散，心中一片茫然。也许是他们不想弄明白罢了。兄妹俩只能紧紧互相握着对方的手。

一切都消失吧，就像什么都没发生过。芬说。

说不定我们还在睡梦中，说不定苹果真的有毒，说不定是格伦普的恶作剧。我们都知道它是坏孩子。茉说道。她的意念已经在压力下崩溃了。她抱着那颗蛋，蛋很硬，不过是真实的。这颗蛋意味着爱，也代表着生命。

劳瑞清了清嗓子："真尴尬。"

"不管怎样……"贾克斯咳嗽一声，"你俩想对付那条龙吗？我们人类必须团结起来。"

我们人类？兄妹俩想。我们两个？

康倒在地上，身体蜷缩着。

格伦普的嘶叫戛然而止。

芬和茉紧紧依偎在一起。茉使出全身力气抱着那颗蛋，都快把它攥飞了。

这时，蛋裂开了。

第八章

我们六个人

你们弄错了！芬愤怒地想。我们才不是人类！

就在这时，有个细长的灰紫色东西从蛋里破壳而出，另一头长着黄色的蹄子，像刚从旧的鳞甲里蜕皮。

你们弄错了！康绝望地说。是我，我才是，我才是人类！

从蛋壳里伸出来的第二个东西又细又长，青筋暴露，血管蜿蜒，看起来像花瓶上的装饰图案，只是血淋淋、黏糊糊的。

以伟大的混沌之神的名义，"对付那条龙"是什么意思？茉义正词严地谴责对方。希望你说的不是末影龙，不然它会把你烤成焦炭！

有个很大的东西拼命地想破壳而出。细长的腿在壳外挣扎，脑袋在壳里晃动。接着，一个相貌丑陋的脑袋探出来，透过蓝绿色的皮肤能看到浅色的骨头，它长着尖尖的黄牙，

我的世界：末地

脑袋好像出生前就发霉了。

这家伙开始嘶鸣起来。

这嘶鸣好像棺材盖打开的声音。

它抬头看着茉美丽的黑色面庞，巨人的深色眼睛上是流苏一样的霉菌眼睫毛。

妈妈？僵尸马驹的声音在茉的脑海里叫着。

"太神奇了！"杰斯失声大喊，"这颗蛋真是个宝贝！我愿意用下界之星跟你换！"

茉用胳膊紧紧环绕着马驹的脖子保护它。它是个女孩，一匹母马，鬃毛拧成一股一股，湿乎乎的，闻起来像一块生牛肉。

妈妈！马驹快乐地打着嗝，它的呼吸扑灭了火把。我要吃脑脑子。脑脑脑子？马驹到处嗅着，找寻僵尸喜爱的这种特别食物。然后，它充血的眼睛死死盯住芬的脑袋。

你的宝贝真讨厌！格伦普从壳里仔细观察着。我讨厌它，快把它丢进垃圾堆！

把你自己丢进垃圾堆吧！茉向格伦普吼道。多漂亮呀，对不对，我的宝贝？

茉，是不是还有更重要的事要做？芬问道。

别管我！茉倔强地看着哥哥，然后温柔地亲了亲马驹的前额。你就是我的一切。她轻轻地说。如果我上辈子是匹臭烘烘的马，你就是我的前世了。要发生的事情终归会发生，要知道的事情总会知道，我们无法阻止事情发生，也无法在知道真相后装作不知道,因此我只能专注眼下,以免再发生类似的事情。我不会让你离开我,连你身上的疮疤都是最美的。

茉对马驹的意念完全不了解。刚才听到马驹在说话,看来意念沟通是没问题的。可僵尸的思维能与生者的思维沟通吗?茉犹豫片刻,除了尝试没有其他办法。她朝着马驹微笑一下,然后试着去看它的大脑、意念和灵魂。很快,茉进入了马驹的意念中。

茉看到一块墓地,似乎年代久远,四周群山耸立。地上的土翻新过,细长结实的树枝弯弯曲曲遮盖在坟堆上。微弱的白色月光洒向地面。这里没有茉要找的答案。墓碑上刻着几句话:**你好,嘿,漂亮,恶心,婴儿,把它扔到垃圾堆去。天哪,脑子,妈妈,饿了,饿了,饿了,妈妈,脑子**。然而,大部分墓碑是空白的。马驹的生命依旧是一片空白。

一只肿胀腐烂的手慢慢从坟墓里伸出来,指甲长满毛茸茸的紫黑色霉斑。手掌上有个洞,里面有蛆虫在蠕动。

墓碑上出现两个字:**你好**。

这只手害羞地向茉挥着。

你好,宝贝。茉说。

"各位!"格尔突然大喊起来,"对一个!友善的人!不理不睬!是非常!不礼貌的!"每说几个字他就拍一下手。

"而且嘴巴要像这样。"贾克斯附和着格尔,说话故意放慢节奏,还伸出手嘲弄地摇晃着芬的下巴。

芬的下巴脱落在他的手里。

我的世界：末地

茉惊叫起来，不是在她的脑海里，不是在芬的脑海里，也不是在康的脑海里。

茉的惊叫声回荡在船舱，马驹也跟着一起嘶叫，音调相同但声音更大。虽然是一匹恶魔小马，模仿也是很有趣的。

那不是芬的下巴。

那是一块南瓜。

在末影人俊美的黑色面具下，芬温暖的棕色皮肤显露出来。

贾克斯漫不经心地拿着南瓜，好像习以为常。"哎呀，"他说，"你们的南瓜太差了，又老又旧。伙计，我不知道它还能用多久。"

不！芬震惊地盯着茉。这不可能！

"怎么了，朋友？"劳瑞戏谑地怂恿道，"再大声叫一次！"

"这不可能！"芬喘着粗气。他的声音干涩、生硬、刺耳又沙哑，像好多年没说过话了。确实好多年了。

茉把手放在脸上，感觉整个人都恍恍惚惚的。她把手指插进下巴里，就像贾克斯抓住芬的下巴那样，然后用手一掰。一小块南瓜像朽木一样脱落下来。

茉像被火烫了似的把南瓜扔出去，南瓜掉在地上。茉一边的脸还是黑色光滑的面颊，另一边却是发软、变黏、腐烂的南瓜，甚至还有几颗种子粘在上面。过了一会儿，那块掉在地上的南瓜变成尘土，消失了。

康也把手举到自己脸颊上，手指放在下巴那儿，然后往上一掰。

结果没有任何变化。

不！他在意念里哀号。不！不！不！这不可能！

他不住地拽自己的脸，不住地往上掰，不住地顺着下巴边缘摸索南瓜面罩。但是，什么都没有。康悲伤极了。这解释不通，我才是人类，应该是我，不是他俩，求求你，求求你，是我！

"我……我真不明白这里发生了什么。"芬艰难地说道。用嘴说话要动用很多肌肉，还有很多动作，"茉，你能说话吗？"

茉艰难地张开嘴，她的另一张嘴。这张嘴上方是她的脸，这些年一直以为是自己真正的脸。"我……我能说话，"她嘶哑地低语，"真痛苦。"

妈妈，痛痛痛痛。马驹在她怀里呻吟着。它的嘴并没有动，但芬和康都听见了它的声音。茉轻轻抚摩着马驹的前额。

看见了吗，格伦普？茉对潜影贝说。它一点儿都不让人讨厌，它知道我受伤所以关心我，比你好多了。

马驹快乐地发出咕噜咕噜的声音，像猫咪的呼噜声，这是来自地狱的呼噜声。

康躺在地板上，一动不动。他已经无法思考，大脑一片空白。

"嗯……你们两个是人类。我们找到了两个'南瓜人'，可以用他们去进攻末地，以此避免每五秒钟就被末影人袭击的烦恼。"杰斯不耐烦地告诉其他人。

我的世界：末地

"可这都不是真的。"茉还在坚持，刚才说话太用力，喉咙有些疼。然而，随着说话比意念沟通越来越多，她知道人类是对的。"我们一直住在这儿，我完全不记得有第二个地方，我们在这儿成长，这里是我们的家，也是我们枢纽的家，我们是末影人。"她反复地说，尽力想把她知道的都回忆起来，"我们是末影人。"

我们是末影人。她在意念中重复道。

"我想说……除了不是末影人的部分，其他部分都是末影人。"格尔对着他们哈哈大笑。

"枢纽是什么意思？"杰斯疑惑地问。

"我们是末影人！我们就是末影人！"芬想大喊，但他的声音还是细若蚊蚋。

"好吧，你个疯子，"贾克斯翻了个白眼，"随便你们，我们走了。"

"等等，"劳瑞举起手拦住贾克斯，"等一下。"她又问兄妹俩，"实在太有趣了，你们真的不知道自己是人类吗？还记不记得你们怎么到这儿的？"

"我们在这儿出生的！"茉啜泣道。

格尔的双手插进黄色口袋里："好吧，你们的父母呢？"

"父母是什么？"茉在沮丧中脱口而出。

杰斯眨了眨眼，劳瑞眨了眨眼，格尔的嘴张得大大的，本来想说些什么又闭上了，眉头紧皱。贾克斯大笑起来，笑声短促、尖锐、细碎，不像笑，更像咳嗽："你们的父母，你懂的，就像……妈妈和爸爸。"

"爸爸是什么？"茉问道。

"你怎么连爸爸和妈妈都不知道？"杰斯很怀疑地问道，"那些跟你长得很像但个头儿比你大，跟你说话很像但声音比你大，那些定下规则和讲冷笑话的人，说的话类似'别跑远了'和'你什么时候打电话给我''我们那么爱你，可你早饭连蛋糕都不吃'。他们生了你。"

"我们叫枢纽。"茉说。

"妈妈和爸爸。"格尔还是坚持己见。

"我们叫主枢纽和副枢纽。"茉让了一步。

妈妈！马驹欢快地叫着。

劳瑞翻了个白眼："好吧，好吧，你们的主枢纽和副枢纽怎么了？"

"他们去世了。"芬含糊地说，"很久以前的事了。"

康睁开眼睛。他的头脑清醒了些。他的意念有可能，仅仅是有可能勉强活跃了点儿，暂时而已。

他们真的去世了吗？康问两个朋友。真的吗？

他们当然去世了！芬咆哮着，脑袋痛苦地甩来甩去。

你怎么敢对他们不敬！茉说。她膝盖上的那个小怪物盯着康。

好吧。康的意念很微弱。你的主枢纽叫什么名字？

茉的眼神闪烁。

副枢纽的名字呢？

我的世界：末地

芬张开嘴正要回答，但停住了。他仔细回顾在末地的所有时光，还有他们的童年，但……就是想不起来。

"怎么了？"贾克斯在他们眼前打个响指问道，"发生了什么？你们神游物外了吗？几个人一动不动站在那儿盯着远处，是大脑失灵了吗？需要帮忙吗？需要治疗药水或是其他什么吗？"

"对不起，"芬用沙哑的声音说，"我们正在说话。"

"怎么可能！"杰斯反驳道。

"是的，我们正在说话。末影人永远按照末影人的方式，彼此用意念交流。当我们身上出现一闪一闪的紫色小火花，就代表正在和伙伴沟通。"这时，劳瑞伸出手想碰一下小火花，但小火花都一跳一跳地躲开了，"意念可以把我们的想法直接送达另一个末影人的脑海里。潜影贝也一样，虽然不是末影人，但只要愿意都这样沟通。我们刚才正用意念跟朋友谈话。他叫康，我叫茉，这是我的双胞胎哥哥，叫芬。"

"你们还有末影人朋友？"劳瑞难以置信，"你们怎么能跟末影人交朋友？"

"我们有许多末影人朋友。"茉带着戒心说。兄妹俩的自我防卫本能很强，因为实际上他们几乎没有什么末影人朋友，但人类没必要知道他们是末地的弃儿。"好吧，他有可能……跟我们是同类？无论我们是谁。"她和哥哥是有些特别，但决不是人类，那样对末影人来说太可怕。茉把手从打着呼噜的马驹身上抬起来，轻轻抚摩康垂头丧气的前额。她的手指还是湿的,在康的太阳穴上留下了黑印子,因为马驹浑身黏糊糊的。康毫不在意,他已经什么都不在乎了,还有什么好在意的?

"不,"格尔摇摇头,"他是末影人,一个真正的末影人。他们一眼就看得出来。"

"也许吧,"茉犹豫地说,"但他很特别。"

"眼睛,"劳瑞沉思着自言自语,"不论在哪儿,我从来没见过末影人的眼睛是这样的,从来没有。"

"我敢打赌,你想把他的眼睛挖出来用在下一个传送门上,是吗?"茉问道。

贾克斯想了想,然后耸耸肩。"不是,我们已经到这儿了,我们是好人。只是在……嗯……出去的时候要用到眼睛。我认为你其实也不用……"

"好吧,谈一些有趣的事情吧。"劳瑞打断他们的话。劳瑞对兄妹俩很着迷,几乎像个医生想检查他们的身体,弄清他们的结构,有可能的话甚至还想把他们解剖一番。"作为人类,你们怎么不记得自己的身世?你们来这儿多久了?你们身上发生了什么?贾克斯,你在主世界听说过芬和茉失踪吗?如果把南瓜全取下来怎么样,能不能让他们恢复记忆?"

不行!康的意念在电光石火之间出现了。你们不能那么做,如果把南瓜取下来,末影人就都知道了,他们会攻击你们的。

可你现在没有攻击我们啊。茉说。

我的世界：末地

　　康也不知道他为什么不发起攻击。他居然在一个挤满人类的房间保持平和的心态，也不想有任何其他行动。到底出了什么问题，莫非他真是个与众不同的怪胎？

　　"这可真糟糕，"贾克斯插嘴道，"他能说话吗？"他指着康问。

　　"刚才说过了，末影人靠意念沟通。"芬重复了一次。

　　"好，好，好，通灵的怪物们，我明白了。可他能说话吗？我能说话，我也能思考，可数据……你应该知道。"

　　"意念传输，"劳瑞帮贾克斯补充，又嘲笑他，"你这个笨蛋。"

　　茉把脑袋偏到一边："我说不准。"她又看着康。康，你能说话吗？

　　我正在说话。

　　像人类那样说话，你能试试吗？很容易就习惯了。你把靠近下巴的地方上下挪动，类似大声呼吸。

　　"来吧，伙计，"贾克斯像在跟一条凶猛的大狗说话，仿佛康丝毫不信任他，他随时会被咬一口似的，"来跟我们说句好听的。"

　　康发火了。不。好像是在自言自语。

　　对康而言，说话是艰难的，他的嘴比人类小很多，除非拼命张开。除了吃饭，他不知道该如何用舌头发出声音，而且说话带来的痛苦如刀割般强烈。

　　"我敢打赌，你在聚会上肯定很有趣。"贾克斯叹了口气，

"瞧，你无法和我们叽叽喳喳地聊天，却可以和他们暗地用意念沟通。这才是高手啊，各位。"

茉皱皱鼻子。现在她终于知道了，就是南瓜让她的脸发痒，为什么以前没发现呢？

"你真让人讨厌。"她对穿绿衣服的大个子男孩贾克斯说。贾克斯咧嘴嘻嘻笑着，一点儿都不在意。

"对，他是我们这里最让人讨厌的。"格尔叹了口气说。

"我是让人烦，但我没错！我是有些粗鲁无礼，但谦让会让我们吃亏的。"

"我再强调一次，这种情况在世界历史上都很少见。"劳瑞说，"他们可能在这个怪物窝里困了好多年，我们得弄清楚到底是怎么回事。伙计们，至少我们能带你们离开这里，送你们回家。"

"必须在击败末影龙之后。"格尔提醒她。

"对，贾克斯必须跟末影龙来一场正面对决，之后我们才能离开，到时候就带你们回家。"

杰斯双臂环抱，沉默不语。芬这才发觉自己一直盯着她，当然不是故意的。芬一直沉浸在意念世界里，根本没发觉自己对杰斯的强烈关注，不自觉地期待着能在脑海中与对方沟通。但他做不到。杰斯像一本合上的书，芬无法弄清是什么原因令她皱着眉头望着远方，这让他沮丧又失望。盯着她的时候肯定让人觉得不自然，所以他赶快把视线移开。为什么人类是这样的？谁都能对你保守秘密，而你无计可施！

我的世界：末地

妈妈，别走。马驹在意念中的墓地悲鸣，紧紧依偎在茉胸前。对这个动物而言，这里是它的家，虽然只生活了一个半小时。它不想搬到陌生的地方。

"你还想留着它吗？"格尔皱了皱鼻子问道，马驹的臭味实在太浓烈了，"是你的宠物？"

妈妈！马驹沉默地"嘶叫"着，红色的泡沫顺着牙齿喷涌出来。

"它是我的宝贝。"茉充满爱意地说。

"真恶心。"贾克斯说，然后捂住嘴一阵阵干呕起来。过了一会儿，打了个嗝。

"它才不恶心，它是我的宝贝。我想给它起名叫洛杉，漂亮的马驹就该有可爱的名字。况且它也不会吃我的脑子，不会的，对吧？"

不不不会的！洛杉深情地回答。在马驹的意念里，在那片广阔的墓地中，墓碑上突然出现一个名字：**洛杉**。这时，马驹张开腐臭的黄牙，一口咬住茉的手。茉倒吸一口凉气，心脏都要停跳了。可马驹只是轻轻地含着她的手，好像在说：我会咬人，但不咬你，可我真的会咬人。马驹腐烂的喉咙发出咕噜咕噜像泡沫迸裂的声音。它咯咯地笑了。

"老天！"格尔摇着头说，他举起双手，好像对茉说这就是她的葬礼，"真可怕。"

"住口！"茉大吼道，"你们最好别老想着跟末影龙作对，如果你们认为打败末影龙才能回家，那我奉劝你们还是做好在这里长住的准备。我是不会让你们伤害我的龙的！"

"你的龙？"贾克斯轻声问。

"呃……准确来说也不是我的，它不属于任何人。但我爱它，就算我的龙吧。"

"爱这东西一文不名。"杰斯打破了沉默。

"好吧！可我不会让你们伤害它，因为它独特又美丽，既能喷火，还知道我的名字。为了保卫它，我会和你们在末地战斗到最后一刻！让你们看看爱有没有用！"

"我们是不会去主世界的。"芬的话吸引了所有人的注意，"你们也别想回去。可能你们还不知道这里的情况，我们已经收到你们要来的消息，每个末影人都知道，并为此做好一切准备。我们只是……以为你们会来得更早一些，而且人数更多。他们一旦发现你们，指挥官克赖就会带着末地最精锐的部队神兵天降。你们只有四个人而已，肯定插翅难逃。"

"我们有六个。"杰斯轻声说，"别忘了有六个人类，孩子们。"

"你们说什么？"劳瑞插嘴道，"末影人没有军队，也没有指挥官，这儿发生了什么？"

"我们现在有了。"茉耸耸肩。

"哎哟，我附魔靴子里的腿都在瑟瑟发抖呢，"贾克斯摆弄着手指说，"我来末地是为了击败末影龙，才不在乎你们这些乡巴佬的怪胎士兵有多少，我们可比他们的战斗力强多了。末影人很强壮，但看起来一点儿都不聪明。我们一向是战无不胜的。"

康费力收紧下巴，很不自然地张开，尽力想说话。最后他开口了："不是怪胎，"说的话像生病时一个字一个字咳出来似的，"才不是怪胎！"

"行，行，行，绿小子，你不是怪胎，高兴了吧？"贾克斯随口说道。

康大声号叫起来，皮肤因愤怒发出红光。他朝贾克斯冲过去，把对方抛到左舷舱墙上。船身在空中吱嘎吱嘎作响。

"滚开，离我远远的！"贾克斯大吼。

格尔抓住芬的肩膀。"让你的朋友马上住手，不然我就刺穿他的后背！"人类男孩警告芬，"我是说真的，你在乎他，可我不，我只在乎贾克斯。"

"康，住手！"芬大喊，"马上住手！"

康停了下来，让他住手很难，但他还是服从了。因为康对芬言听计从。芬做事一向有分寸，知道什么是正确的，从小到大一向如此。但他们是一起长大的吗？难道一切都是假象？到底发生了什么？

劳瑞双手叉腰说道："我认为首要的是快把南瓜取下来，说不定会帮你们恢复记忆，可我不知道有没有用。你们戴着面罩长大，戴着面罩到处乱窜，大概是因为在一个百无聊赖的日子发现面罩很有用。面罩在头上时间长了，有可能和脑袋长在一起，肯定是这样。"

"但是，其他末影人……"

"别担心，如果其他末影人出现就把南瓜戴回去。"劳瑞安慰他们。

"不管怎样，一旦有人靠近，有任何末影人靠近，格伦普就会告诉我们。"茉说得底气不足。格伦普还会给他们发警报吗？芬带着怀疑沉默了。现在已经知道他俩是外来者，可能格伦普再也不会搭理他们了。茉捡起几块马驹散落的蛋壳。洛杉长大了不少，刚孵出来时跟小鸡差不多大，现在像条狗一样大了。

"我觉得可以试试。"芬叹了口气说。

劳瑞跪下来帮芬取掉南瓜面罩，杰斯和格尔帮茉的忙。贾克斯只是愤愤地看着，揉着被康打过的胸口，康确实下手很重。

你害怕吗？茉用意念对哥哥说。

我很害怕。芬的声音颤抖。如果有什么是我不愿想起来的，怎么办？

现在也晚了。康说。

劳瑞、杰斯和格尔抱住他俩的头上下左右推拉，湿乎乎的南瓜很容易地脱落下来。

康第一次看见朋友们的真面容。

他发出一阵尖叫。

第九章

怪物

康在他们的脑海里尖叫,然后道歉,一边尖叫,一边道歉。

可是,即使在这种噪声下,也没耽误芬和茉彼此注视。

"你的头发是棕色的!"茉说。

"你的头发是黑色的!"芬说。

"你竟然有头发!"他俩异口同声地说。

"天哪,呃,你竟然穿着衣服!"芬谴责她。

"你也是!"茉反击道。

啊啊啊啊啊!康继续尖叫。

"芬,你的眼睛是蓝色的,真可怕!"茉高兴地咯咯笑起来,"但它们很美。又可怕,又很美。"

"你的眼睛是绿色的,它们……它们真的很漂亮。"

绿眼睛，芬之前见过。那个人一辈子都是绿眼睛。他已经习惯了那双绿眼睛。绿色还是黑色都无所谓，他都可以云淡风轻地对待，即使兄妹俩刹那间露出棕色的皮肤和眉毛，还有其他令人不安的东西，例如下巴。

"你们想起什么了吗？"劳瑞问。

"没有，"茉慢慢地说，"我还是以前的茉，我是末影人。"

"你呢，芬？"

芬摇了摇头："跟以前一样，还是个末影人。"

怎么会这样？这是真的吗？他为什么想不起来自己是人类呢？他是末影人，他就是末影人，只能是末影人，否则又能怎样呢？另外，他心中隐约升起一个念头：这是他和妹妹被禁止进入末地公会的原因吗？怪不得大家把他俩拒之门外，隔离在一艘破船上。会不会一直以来，每个末影人，非常微妙地，对他俩非我族类的事实知之甚多？

啊啊啊啊啊！

你能不能别叫了？芬对康说。惊叫连连的人应该是我们吧？

我实在忍受不了！你俩都是怪物！

我们才不是怪物！我们是你的朋友，一直都是，从来没变过，跟以前一样！

对我而言，你们就是怪物！人类！长着头发和皮肤，还有一对难看的大耳朵！

可是你瞧，康，你瞧，她的眼睛是绿色的，跟你一样。一切还没这么糟糕，对吧？她真的挺好，我也很好，对不对？

我的世界：末地

茉尽量靠近康，洛杉的爪子紧紧抓着她。伟大的混沌之神会爱一切意外惊喜，对吗？她充满希望地说。

可这个除外！康的心都碎了，甚至无法再看他俩一眼，这个不算！随后康消失了，刚才还在这儿，瞬间他就不见了。康从来不会这么做，从来都不会，连一个意念都不给，一个字都没有，就从他俩身边逃走了。末影人从来不这么做，朋友也不会这么做。

"太酷了！"劳瑞说着，围着他俩绕了一小圈，仔细打量他们，像做科学实验似的，"有可能是魔咒或药水的作用。说不定有人对你们下了魔咒，因为南瓜可没有这样的功效。"

"可你刚才不是说你也不确定摘掉南瓜有没有用吗？"茉毫不留情地指出来。

"好吧，可能我还不了解内在的机制原理，可我知道南瓜套在你们头上不应该抹掉你们对身份的记忆。我曾经把一个南瓜在头上套了几天，然而我一直记得自己的名字是劳瑞。而且，我还记得我喜欢猜谜，喜欢研究生物，喜欢跟朋友闲逛，喜欢烧烤，喜欢口味奇特的炖菜。"

"是啊，你太喜欢这玩意了，上次你失明一星期后，就把南瓜做成晚饭吃掉了。"

"可是，在那次之前我已经禁火一个月了！你根本无法体会重口味炖菜的感觉！我喜欢惊喜！怎么说呢，这不是重点，重点是，即使我不知道南瓜的功效，但我知道套上南瓜不会失忆，所以肯定有其他原因。我得探索这个原因。对不起，我说的就是你俩。我会一直研究下去直至找到答案!"

"可能需要敲敲他们的脑袋什么的,"格尔耸耸肩,"不然不会有奇迹发生。"

"有可能末影人就是这么干的。还有可能他们在你们是婴儿的时候绑架了你们!"劳瑞激动得呼吸急促,大有找到一切真相的架势。

芬揉了揉自己的脑袋,上面的头发直痒痒,以前他可没这种感觉,真讨厌。"有可能是末地的原因吧,"他说,"你知道,这些末地城不是末影人建的,其实他们也不知道是谁创建了这里,现在没人记得这些了。如果你在这儿待得太久,时间也许会让你产生错觉。"

杰斯、格尔和劳瑞转向芬,盯着他看个不停。芬兴奋起来:他说的话很有意思,他们对他很有兴趣!芬发现自己渴望别人认为自己聪明,既聪明又有用!尤其是杰斯。如果这些人真的跟他是同类,如果他真的是人类,他们就不会像末地公会那样排斥他。如果他够好,就能被某个地方接纳,甚至还能进入人类公会坐在杰斯身边,为人类战斗、受训,对抗各种威胁。这样他就是一个合格的人类,而不是碎片。

茉皱起眉头:"可是康记得我们。他能回忆起我们所有的事情。我们五岁时的末地狂欢节,他每次来这艘船时的情形,他的副枢纽每次把他从这儿拎走的过往。"

"你们记得五岁时所有的事情吗?"劳瑞问道。

"是的。"兄妹俩回答。

我的世界：末地

"再早些时候呢？"

"嗯……不多，可那不是很正常吗？你能回忆起自己五岁之前的很多事情吗？"

"我觉得对五岁之前有记忆很正常。"杰斯说。

"好吧，但你刚才提到'五'，"劳瑞指出来，"你的意思是五岁？还是说到这里五年？或者五个月、五天？"

"当然是五岁啦！这算哪门子问题！"

"你们肯定吗？"

兄妹俩无法回答。他们本来是坚定的，就在十分钟前他俩还信誓旦旦地说自己是末影人，人类全是妖魔鬼怪。

劳瑞在船舱里来来回回踱着步。"看吧，我不相信你们什么都知道。有可能所有事情都有联系：奇怪的末影人建立了军队，选出指挥官，你朋友的绿眼睛和你的回忆，这所有的事情。自从我们站在这儿，你们注意到末地烛的明暗会规律变化吗？有些事情很反常，我们得从头捋一遍。你俩在这里跟末影人相处了很长时间，但不知道怎样才能融入他们。伙计们，末影人真是怪物，知道为什么吗？他们偷盗、屠杀、猎取，他们毁灭一切，他们真可怕——"

"不，不是这样的！"茉大叫起来。

洛杉轻轻啃茉的袖子，这个不同寻常的家伙已经长得跟辆自行车一样大了，茉想知道它什么时候才能停止生长。

"不论你说什么，最关键的是，末影人很坏。他们什么都干得出来。他们干了这么多可怕的勾当，让你觉得你是他们的一员！我能毫不费力举出一大堆例子来，我真的是个好人！但我在考虑到底为什么，为什么他们说服两个人类让他们相信自己是末影人？目的是什么？有什么计划吗？"

"末影人不坏！"芬抗议道。

我讨厌末影人。格伦普很赞同人类的意见。他们是坏蛋！

谁你都讨厌。茉说。有证据吗？

格伦普讨厌一切就能证明一切都可怕。格伦普争辩道。末影人很可怕，你很可怕，你们兄妹俩很可怕，末地也很可怕。末影龙应该把一切都烧焦！

说得好，格伦普！芬回应它。

格伦普才不和人类说话。潜影贝对他嗤之以鼻。人类真可怕！

"可你们见过康了。"芬对几个一看到意念沟通就很不高兴的人类说，"他可不是魔鬼。"

"看他冲我来的样子就知道他是个标准的末影人啦。"贾克斯悻悻地说，揉着被康摇过的胸口。

格尔翻了个白眼。"哟，一个末影人会为自己苦难的人生哭泣，看来确实很严重。除了康，其他末影人会来这里看望你们吗？他们友好吗？有没有邀请你们去参加热闹的末地聚会？"

"那倒没有……也不全是，"茉说，"因为我们没有末地，所以……"

"没有什么？"贾克斯打断她的话。

"末地。就是……末影人的家族。一群末影人组成的家族

我的世界：末地

就叫末地。"

"真新鲜，"贾克斯哼了一声，"顺便说一句，那个应该称为闹鬼，不是末地。"

"什么？听起来真恐怖。"芬皱起眉头。

"你还没告诉我们应该怎么称呼末影人呢。"茉说。

格尔又翻了个白眼："嗯，你们不是末影人，所以也不用跟你们说这个。"

"好吧，我们也没有办法，"芬回答，"但这会让我们周围的末影人很不舒服。没关系，不是他们的错。"

贾克斯环顾四周。他的双眼明察秋毫，正在思考一个重要问题。"那么，"他在芬和茉面前蹲下来和蔼地问，"你们的家当呢？"

"什么家当？"芬带着戒心问。

"你俩住这儿，对吧？这可是一艘大船。以我对末影人的了解，他们喜欢偷东西。那么你们全部的家当哪儿去了？"

茉看着地上，双颊像被火烫了似的。"他们拿走了。"她低声说。

"谁？友善的末影人吗？那些根本不坏的末影人吗？把你们洗劫一空？你们连一丁点儿吃的或者一把自卫的刀都没有？那些美好、善良、慷慨的末影人连这些都不留给你们吗？"

"但足够对付你了。"芬嘟囔着说。不过，他还是明事理的，他至今还因克赖和同伙抢劫他们而愤怒，况且他的肚子很饿。贾克斯的话是对的，但芬就是不想让他太得意。

"好吧，情况很清楚了，他们这么做可真行。我们彻底扑个空，对不对，伙计们？"

"我们是不是应该把他俩带回主世界，"杰斯突然开口说，"而且越快越好，或许他们能回忆起什么。我们可以试试恢复药水，我家囤了很多药水，贾克斯也囤了不少。说不定有人认识他俩。"

"不行，我和贾克斯、劳瑞想除掉末影龙，"格尔说，"那是我们来这里的最终目的。我们必须看着那条古老的动物在眼前断气，才顾得上关心他俩的安危。不除掉那条龙，大家哪儿都别想去。因为只有那个大家伙咬一口传送门，出口才会出现。"

"不行，你们不能碰末影龙！"茉高声喝道，洛杉也跟着一起叫起来，"而且，我们也不会去主世界！"

"我们的枢纽……我们……我们的父母就死在那儿。你们不能带我们去那里。那里随时会下雨，雨水会要了我们的命……"每个末影人都熟知的一件事就是，被雨困住等于自杀。

"不会的，根本不可能！"劳瑞愤怒地说，"我不知道你的父母是谁，但他们是如假包换的人类！雨水对人类是无害的，我保证！"

"那我也不去主世界！"茉紧紧依偎着她的马驹，不知道什么液体顺着马脖子滴答流下来，"芬，别让他们带我们去主世界，我们不属于那里！"

"天哪，你们到底是不是双胞胎？"杰斯举起双手。

我的世界：末地

"我们当然是双胞胎！"俩人一起大叫。

"你们看起来一点儿都不像，甚至各方面看起来都没有血缘关系。你们不是好奇心很强吗？现在有个多好的机会可以让你们恢复记忆！那个地方真的很棒，你们知道的，真的太棒了。你们肯定会爱上灿烂的阳光，人人都爱它。"

"哼，我就是不喜欢！"芬咆哮着。他一度梦想去主世界为他的枢纽报仇，为伟大的混沌之神效力，但现在发生了太多事情，事情变化太快他根本反应不过来。现在他只想跟妹妹和潜影贝待在船上，这里安全、熟悉，让他很踏实。他还不能想象自己是人类。他得和茉好好谈一下，然后自己做判断。芬可不愿意一群怪物整天在耳边烦他（但那些人类是怪物吗？如果是，他自己又是什么？）。末影人应该让他加入末地之穹，这样他就有可能知道一些事情，从而为这些疑问找到线索。

茉背靠末地船的船舱，说："主世界并不美好，那里是秩序的王国，在邪恶秩序统治下的一片悲惨焦土，到处充斥着毒药和死亡！我不会去的，绝对不会！如果你们妄图从这里出去伤害末影龙，想都别想！你们别想走，这里是我们的地盘，你们未经许可擅自闯入，很快就有大批末影人得知消息赶来，到时候你们就知道我们的家当在哪儿了，肯定也不会喜欢它们的。"可我们自己也不喜欢它们。茉暗自想。我们是人类，末地不接纳我们，末影人会毫不留情地把我们宰了，一滴眼泪都不掉。"我不在乎你们带来多少人，也不在乎你们的军队规模有多大。你们是侵略者,末地会把你们全部消灭的。"

"多少人?只有我们几个而已。"格尔困惑地说,"我们再次入侵的意义是什么?"

我讨厌你们所有人!格伦普语气强硬。格伦普才不要被秩序管,格伦普无拘无束,自由自在!

贾克斯径直站起来双手击掌。"好吧,"他大声说,"我好烦,这也太愚蠢了,我烦死了!"

贾克斯向前一跃,在茉来不及反应的时候,一把抓住她的胳膊把她装进自己的口袋,然后瞬间不见了,连同假末影人茉和僵尸马,一起消失在黑暗中。

芬的眼前一晃就什么都没有了,他的妹妹不见了,消失得无影无踪,他追都追不上。

在他的人生当中,这是头一次变成孤零零一个人。

我的世界:末地

有时,穿越者梦见在故事中迷失。

有时,穿越者梦见在其他地方,变成其他人。

有时,这些梦很扰人;有时,这些梦实在很美。

有时,穿越者从一个梦中醒来,发现自己落入了第二个梦,却始终在第三个梦中。

——朱利安·高夫《我的世界终末之诗》[5]

---

[5]此处为全诗节选。

第十章

愿伟大的混沌之神眷顾您

指挥官克赖在一个浅黄色的院子里踱来踱去,这里位于一片崎岖陡峭、禁止外人进入的海滩上。上尉塔玛和下士穆鲁跟在他身后,中间隔着一段距离以示尊重。他的贴身卫兵已经从八个扩充到十二个,每天守卫在从院子到一座巨塔的通道上。这座塔非常雄伟,高耸入云。

他们正在等待伟大的混沌之神代言人艾尔莎来听取他们的作战计划。

可她迟到了。

在末影人的印象中,这个地方只有沉默、令人敬畏的石头。塔米纳斯——神圣之岛,宏伟、高大、辉煌的混沌大教堂在这里隐于世外。实际上,大部分末影人都不知道它的存在。伟大的混沌之神代言人很久以前就知道,只有不被大部

我的世界：末地

分人熟知的事物才是最神圣的，于是他们选择了这个人迹罕至的地方。没有平坦的海滩直通这里，到处是锋利的岩石和陡峭的悬崖，一不小心掉下去就一命呜呼。一座巨大怪异的末地城位于岛屿北边，没有末地船与之相连。所有关于塔米纳斯的印象只有低吟的秘密和死亡。除了秘密和死亡，还有混沌。

现在，大批末影人占据了这里的每一寸悬崖和岩石。他们全听命于艾尔莎。未来将发生什么？人类到底在哪儿？现在能安全回家吗？重重顾虑造成的紧张和压抑笼罩着这里。人们更喜欢在自己的末地享受轻松悠闲的生活，只需想着今晚吃什么就好，不需绞尽脑汁思考类似高等数学这种伤神的难题。

艾尔莎，伟大的混沌之神代言人依然没有现身。

指挥官克赖可以透过她的窗户看到她黑色的身影投射在旗帜后面。这个老女巫故意让克赖一直久等，克赖心里也很清楚。但克赖可不是个没人理睬的傻老头儿，再也不是了。他变成了另一个人，他的身份是指挥官，这意味着人人都必须唯他马首是瞻。

他深深呼吸着夜晚的空气。自末地公会后克赖一直没合过眼，实在不堪重负。睡眠是个弱点，意味着懒惰。指挥官凝视着人群，对他来说，远处的人群像一个巨大的黑团。对末影公民来说，克赖、穆鲁和塔玛，还有其他贴身卫兵，已经远超他们视线可触及的范围了。

指挥官克赖摇了摇巨大的带着方下巴的脑袋,感觉智慧开始减少。他需要更多的智慧。

克赖把他的意念散布到人群中,只要有两三个人感应到就够了。我的跟随者们,前来混沌大教堂的第七个院子。他召唤着,意念中透露着关注和冷静。伟大的混沌之神有重要任务赐予你们。

十五分钟后,三个年轻末影人心神不定地走进大门。他们环顾四周寻找混沌之神赐予的重要任务。这任务是来自上天的恩赐。指挥官克赖笑了,他的嘴只比一滴眼泪大不了多少,但在他意念的无限空间中,他的微笑比山脉还要宽广。他的智慧跟其他末影人联合后,他感到源源不断的力量流向自己。太棒了。克赖说道。对,这样好多了,非常正确。

克赖,我的碎片。另一个意念突然出现,像一艘划破水面的船打断了他的思绪。

是艾尔莎。

她怎么敢这么说?克赖可不是任何人的碎片。他是精英。在艾尔莎还未从她的枢纽中分裂出来时,克赖已经是个完整独立的个体。或许生产出碎片本身就是个错误。艾尔莎应该感激他,以及那些经过亿万年仍活着的精英,无论他们此刻在哪里。如果不是他们,怎么会有现在的末地呢?

这个声音打断了所有人的意念。克赖的随从是效力于他的智库团队,但也不完全是私人拥有的。艾尔莎的地位更高,她的意念能在许多强壮有力的末影人脑海中形成更清晰的存

我的世界：末地

在。克赖想为自己贮存力量，但艾尔莎在的时候就不行。他不能既加强自己的意念，同时又削弱艾尔莎的意念给他让路。只有在群体中，末地的高智商人士的智慧才会成倍增加。他们是不可分割的。

谢谢你高尚的耐心。那个声音说。

克赖认为，末影人从没像现在这样冷静智慧，从没像现在这样聚集在一起，人数众多不可胜数。为什么以前不这样做呢？为什么以前不团结一心，征服上面和下面的所有世界呢？

艾尔莎还不算老女巫，她比克赖年轻许多。皱纹还没破坏她美丽的黑色脸庞。她腿脚利索，走路飞快。克赖一直记得艾尔莎当上混沌之神代言人的那天。上一任代言人去世时，克赖还不老，他以为这个位子肯定是他的，而不是其他年轻末影人的。

我们正在等候您的指示，阁下，混沌之神的代言人。克赖弯腰鞠躬。他顺从的鞠躬和谦恭的语句并不是出自内心，艾尔莎知道，克赖也明白。他们对彼此了解得非常透彻。意念沟通让外交辞令苍白无力，几乎每个末影人都为此饱受折磨。

我没什么指示，无序之子们。混沌之神的代言人说，然后微微颔首接受克赖的行礼。

你这是什么意思？克赖不明所以。

这时，艾尔莎开始自顾自地说。战争结束了，更准确地说，没有战争。这儿没有人类，全都结束了，人类入侵是个错误消息。

克赖盯着她。

你不感到宽慰吗?她说。没有牺牲,没有杀戮,没有惨痛的损失,你们可以回去跟家人团聚了,所有人都可以回家了。我们又一次赢得了和平。把那些武器、盔甲和物资都还给末地船的碎片们,我们不需要了。我们需要的只有彼此。我已经和伟大的混沌之神沟通过了,这才是末影人该走的路。

你这个蠢货!指挥官克赖厉声说。

你敢和我这样说话,碎片!艾尔莎在脑海里咆哮着。

我才不是你的碎片!我比你年长,比你聪明得多!只有蠢货才会觉得我们看不见敌人,敌人就不存在。我告诉你,人类才不会轻易放弃,因为末地富饶美丽又宽广。什么样的将军会统领着一群人类放弃这么诱人的战利品?又是什么样的骑士一直为战斗做准备,最后却到处瞎溜达,完全不进行掠夺?艾尔莎,他们快来了,他们已经到这儿了。仅仅因为那个基因突变的绿眼睛男孩不是双料间谍或者搞破坏的,就断定没有人类入侵?你怎能如此愚钝?

艾尔莎冷静地站在那里,要不是几乎整个国家的人民全都肩并肩站在她面前,她是根本压抑不住怒火的。也许她的意念比克赖更强大,但人群离得太远了,无法对他们产生影响,所以现在他们的地位是平等的。她还能轻易地压抑自己的脾气,但克赖却几乎无法控制自己火山爆发般的怒火。

我已经跟伟大的混沌之神沟通过了,这才是末影人该走

我的世界：末地

的路，我刚才告诉你了。她冷冰冰地说。

你错了！克赖咆哮着。

上尉塔玛和下士穆鲁惊骇地离开他们的指挥官。代言人说的话不会错，绝对不会。只有她能倾听伟大的混沌之神的指示，这是毋庸置疑的。他们远离克赖，是为了躲开必定会消灭指挥官的闪电和火球。

但克赖什么事都没有。

克赖，你说的敌人是谁呢？艾尔莎问道，紫粉色的眼睛里满是不耐烦和轻蔑。毕竟到目前为止，她一直高高在上，而克赖却气炸了。人类吗？我们在主世界每天都能见到人类，如果他们激怒了你，除掉对方简直轻而易举。要是你想找到敌人，就跟找到一座房子，等他们回家那么简单。人类为什么要血洗末地呢？否则我该如何向众人解释什么事都没发生，没有一个人类现身呢？

对，就是人类！指挥官爆发了。他们当然是我们的敌人！任何非末影人都是敌人！任何不喜欢我们的都是敌人！任何不存在于伟大的末地的都是敌人！他们对付我们只为了活动筋骨，他们偷窃我们的心脏只为了跑得更快，他们挖我们的眼睛贴在传送门上来到这里，只为了掠夺和谋杀！末地只属于末影人！他怒喝道。

不是的。艾尔莎冷静地说。你忘了自己的身份了吗？你忘了在末地之穹的训练了吗？这地方还有潜影贝、末影螨、紫颂树，这里也属于末影龙。每个国家都有很多共享者。从前,末地属于缔造它的人,属于那些建起高塔和宫殿、柱子和道路的人。我们不能心安理得地据为己有。我们的祖先从他们手里抢了过来,不论他们是谁。这就是伟大的混沌之神的指示,我的碎片。神的慈悲可不是无限的!

我不想和他们一样,你想吗,艾尔莎?有多少次人类来到末地,用末影人的尸首开出一条道路,把整个末地抢个精光?

很多次。艾尔莎也承认。我都数不过来了。

你还记得你经历的第一次人类侵略吗?

伟大的混沌之神代言人点点头。当时我还是个碎片,那是我末影人生的第一次。即使跟我的末地家族在一起,我也只比一头聪明的狼机灵一点点。当时家族只有三个成员。我们三个和对方两个厮杀,虽然只有两个人也足够打败我们。我从来没见过那场面,对方的一个人类是战斗高手,当她攻击我们时,没人能够抵挡得了。我们只能停止抵抗或被她烧死,幸好附近并没有火种。她就像水,像雨滴,一旦我们碰到她就会没命。末影人虽然都怕她,但依然前仆后继,这就是末影人。另一个不论走到哪里浑身都带着火焰。他俩抢走了一切值钱的东西。好多年后我们的末地才恢复过来,我真希望这一切没有发生过。

克赖高傲地举起双手。所以,你知道我是正确的!我们必须阻止人类!你以前的想法是对的,为什么要等他们血洗我们?我们应该主动出击!团结起来去主世界毁灭他们的一切!为了所有,为了彻底摧毁秩序之力!团结起来,末影人

我的世界：末地

战无不胜！只因为像发育不良的驴子一样，隔绝主世界的一切，我们才无法统治整个宇宙。也许我们应该改变，彻底改变。也许应该制定新法律：从今以后，末影人必须团结在一起，不能单打独斗。

艾尔莎在他发表长篇大论的时候翻了个白眼。我也记得去主世界进攻整个村庄的人类仅仅因为我和碎片伙伴想这么做而已。这是伟大的混沌之神和秩序之力的平衡，我能接受。建议你也接受。这里没有威胁，回家吧，你不再是指挥官了，仅仅是克赖。回家跟你的碎片、子碎片、小碎片们待在一起吧，这是我的命令。

不！不！克赖的血液凝固冷滞，艾尔莎居然撤了自己这个指挥官的职！克赖感觉胸膛像被剑刺穿般痛苦。她不能那么做，她不能剥夺他的权力，她不能让他重回以前默默无闻的样子，让每个人都嘲笑那个疯癫老迈的克赖，没人把他当回事。决不能让她得逞！

意念沟通让谦虚客套成了摆设，这就是现实。同理，背叛就更难了，所以动手之前你连一秒都不能考虑，你只能比思想更快地行动。胳膊必须比大脑先行一步。

说时迟，那时快，克赖举起艾尔莎——伟大的混沌之神代言人，使她双脚离地，从宏伟、高大、辉煌的混沌大教堂第七个院子的边缘扔了下去。她毫无声息地径直跌入虚空，黑色的身体与黑色的虚空融为一体，这个混沌之神代言人就这样消失在众人的视线中。

克赖,再次当上了指挥官,站在原地看着她坠落。他心中格外平静,为什么要阻止指挥官的想法呢?为什么要阻止这一切呢?

致敬伟大的混沌之神!他望着她逝去的身影说。

第十一章

再见露普

贾克斯在一片裸露的黄色砂岩上现身,下面是一片虚空。他的脚趾轻轻掠过陆地的边缘,带起的鹅卵石在地上滚动着落进虚空。茉和洛杉猛地出现在他的后方。茉的眼神充满愤怒,马驹的眼睛里全是激动和好奇。

"瞧你干的好事!"茉嘶吼着。

"直截了当,做出决策。"贾克斯边说边翻了个白眼。他用手指向他们背后。

一阵雷鸣般的吼声在不远处回荡。末影龙在那里兜着大圈子,缓慢地盘旋。原来,贾克斯把他们带到了离中央岛屿很近的地方。他想干什么?

而且,贾克斯是瞬移的!也就意味着他有末影珍珠!他在某处收拾了一些死去的可怜的末影人的灵魂。在哪里?是谁？茉没想到有朝一日她知道了第二个问题的答案。

"可以吗？女士，你先请。"贾克斯装模作样地鞠个躬。

"可以什么？"

贾克斯瞥了她一眼。"好吧，我上去尽快解决那条龙，然后我们就离开这儿，去追溯你所有的……"他对茉和洛杉做了个"请"的手势说，"……身世。既然你和那条'宠物'如此亲密友爱，你可以和我一起去，负责转移它的注意力，我就可以对那老怪物一击即中，然后我们一起去主世界，像朋友一样一起冒险，一起对付好玩的怪物。我可以给你打下手，本人可不像你说的那么坏，真的！我就是……有点儿野心，面对挑战时忍不住跃跃欲试。我的'枢纽'以前经常这么说。"他向她眨了眨眼。

"你为什么那么在乎我和哥哥，还有发生在我们身上的事？"

"哦，其实我并不在意。"贾克斯清晰地回答，"我只想赶在劳瑞之前搞清楚而已。你猜谜语赢过吗？我喜欢比别人先一步揭开谜底，我就是喜欢赢而已，这是我的个性。"

茉瞪着贾克斯："我不会帮你伤害我的朋友，也不想跟你去任何地方，我恨你！你无权在不征得我同意的情况下带我瞬移，你无权在不征得我同意的情况下碰我——"

"那么，我们还是朋友吗？"贾克斯打断茉的话。

"不是！"

"随便！"

"你知不知道我也能瞬移，嗯？"茉大喊，"我可不用跟

我的世界：末地

你一起待在这儿。"

贾克斯双臂交叉抱在胸前。"那就请吧，来！我觉得你肯定不行，你再也没有末影人的面具了。我能做的你永远也做不了啦，而且你也没有末影珍珠。"

茉呆住了。这是真的吗？她只能像所有人类女孩那样用沉重缓慢的步伐从一个地方到另一个地方吗？她犹豫了，按道理她应该马上去试试，现在就试，从这儿倏地消失瞬移到其他地方。可假如做不到怎么办？假如贾克斯说的是真的怎么办？要是真的，茉绝对无法接受。

这时，洛杉发出一声低沉不安的嘶鸣。远处有东西在移动。有个物体在岛屿下方的峭壁上，颜色几乎和广阔的天空融为一体。

是个末影人站在岩石上，用她细长的黑色手指探察着空气。

茉激动得忘了刚过去的两小时在自己身上发生的事。她忘了没有末影人会像她和哥哥那样冷静、智慧地在中央岛屿上闲逛。她忘了几乎每个末影人都响应了克赖和艾尔莎的号召，正在准备为保护末地而战。茉用意念朝着那个末影人大声疾呼，在空中向对方挥舞双臂。

你好！致敬伟大的混沌之神！救命！救救我！我被这个人类绑架了！他要袭击末影龙！救救我们！你的末地在哪里？我叫茉，还有个双胞胎哥哥，叫芬，你认识我吗？

那个末影人转过头面对茉。她穿着一副金胸甲，那是茉和芬收集，后来又被克赖强行征用的东西。胸甲在末地昏暗的光线中闪闪发光。末影人眯起紫粉色眼睛，皮肤因暴怒发出红光。她号叫起来，空气中充满仇恨和绵延不绝的狂怒。她的意念可一点儿都不优雅，根本无法组织成完整的句子。毕竟，只有一个末影人，落单的末影人没什么大不了的，可她发出的怒火却无比强大。

去——死——吧！对方朝茉直冲过来。

两个人距离越来越近，茉认出了末影人是谁。

别动手。茉说。别动手，露普，是我！

末影人并没有停下的意思。

露普，住手！还记得你想当我的枢纽吗，一个优秀强大有力的枢纽？现在是时候了！露普，快来！我是茉，是我！

但对方已不是露普了，完全不是。茉只有一个人，身边没有帮手。远离哥哥和家，对她来说没有谁可以依靠，一无所有。露普一拳打在茉的脸上，洛杉暴跳起来保护妈妈，周身喷出黄色和黑色液体，顺着发达的肌肉流下来。

"蠢货！"贾克斯高喊道，冲她们直跺脚，"你别招惹她，行行好吧。"

露普又冲茉肩胛骨中间的地方重击一下，然后在黄色砂岩上腾空飞起，接着朝贾克斯猛扑过去，重重撞在他的肋骨上。贾克斯咕哝了一句，仅此而已。

"她就是个暴徒！"贾克斯怒火万丈，"你自己能对付一个暴徒吗？"

我的世界：末地

"我不想对付她！"茉在露普进攻时给予反击，力道尽量放轻些。在悬崖边搏斗，一边得小心别掉进虚空，一边还得确保不伤对手，真的太难了。这可比直接把人从悬崖推下去难多了。茉打露普的时候，露普的黑色身体发出红光，看起来更生气了。

露普，是我呀！我是茉！我看起来不一样了，但还是我！跟以前一样的茉！我只是个碎片，对你没有威胁，把我从他身边带走吧，我们可以一起去找克赖的军队！

露普想都没想，抡圆胳膊一拳正中洛杉的下巴，把它甩到岩壁上，另一拳几乎打碎了贾克斯的鼻子。

太好了！打中他了！可尽量别打我的马驹，它和我们是一起的！茉喊道。

露普尖叫起来，掐住茉的喉咙一把把她提起来，茉的双脚离开了地面。等一下！住手！茉疯狂地大喊。我不是这个意思！求求你，露普！你肯定记得我，我需要一个优秀的、强有力的枢纽！

然而，不论哪个末影人看见的茉都是个人类女孩，一个敌人，一个怪物。

贾克斯从口袋里拔出一把铁剑（他是怎么在口袋里装这么多东西的？），然后想也没想就刺穿了露普的胸膛。

不！茉用意念大喊。

"不！"她喊出了声。

洛杉发出愤怒的咯咯声，锋利的牙齿深深咬进末影人的胳膊。贾克斯一只脚踩在垂死挣扎、浑身软塌塌的末影人身上，把剑拔了出来。露普紫粉色眼睛里燃烧着仇恨和痛苦的烈焰，她的手还死死地掐住茉的喉咙。

*去死吧！*露普的意念还留在茉的脑海里。

紧接着，不过一转眼的时间，裸露地面的黄色砂岩上已空无一人。女孩不见了，男孩不见了，也没有任何搏斗的痕迹。

只有末影龙在高空不住地盘旋。

第十二章

主世界

突然，空间上下颠倒了。黑色的天空和黄色的砂岩飘浮在他们头顶，然后他们失控地飞了出去。紧接着，一道夺目的光覆盖了周围的世界。这道巨大的白色闪光仿佛粉碎了末地、岛屿、悬崖峭壁和末影龙。

闪光慢慢消失，茉这才看清自己站在草地上。贾克斯刚从露普身上拔出剑，踉踉跄跄往后退了一步才站稳。洛杉咬着露普咬得更狠了，牙齿深陷进去，可这没什么必要，因为露普快不行了。她想用意念逃走，但他们已经来到主世界。露普有气无力地倒向地面，眼睛渐渐失去光彩。茉跟在她后面到达，露普已经死了。茉绿色的人类眼睛里充满泪水。

"瞧你把自己害成什么样了，你真傻！"她低声说，"你死了！原本不该这样，只有笨蛋才会死。"

"我们刚才是从末地瞬移回来的吗？好像是真的，真干脆！"贾克斯说，他低下头看着地上的宝贝，"胸甲真酷。"他又双手叉腰，重重地叹了口气，"我得去寻找另一个传送门了，真讨厌，重复同一件事情是很傻的。"

茉还有些晕头转向，连他们身在何处都没察觉。他们已经来到主世界，可她仿佛还在别处，很远的地方。

天空闪耀着深深的宝蓝色，周围是树木茂密的丛林，一直延伸到茉目光所及的地方。到处是小小的红色花朵，远处矗立着棕色山脉。不远处，浅蓝色的湖泊在金色阳光下闪闪发光。正当她目瞪口呆望着这一切时，一条巨大的黑色鱿鱼的触须伸出水面，又猛地缩回水里，冒出一大堆白色泡沫。好像鱿鱼在跟她挥手致意，欢迎她来到这个新世界。

一头落单的、肥肥的、脸颊圆圆的猪盯着他们，震惊得合不拢嘴。"哦，"茉温柔地说，"它全身都是粉红色。康经常这么说，我一直不相信，原来果真如此，真的是粉红色的。"她伸出双手抚摸那头猪。

那头猪可不想被摸，而且它对洛杉很警惕。猪黑色的眼珠转向马驹，想弄清楚它到底是什么。两个动物注视着对方。一堆黏液滑到洛杉胸前，然后聚集成一大团，扑通一声掉在地上。

猪倏地一下跑了。

过了一会儿，洛杉开始轻轻地，一点点啃着死去的末影人的脑袋。是脑子吗？它充满希望地问。就像大多数孩子那

我的世界：末地

样，洛杉一旦想出个主意，就非去行动不可。

就在茉正要教育洛杉不能吃朋友的脑子时，露普化成一缕青烟不见了。末影人的尸体不会存在太久。伟大的混沌之神讨厌浪费。露普消失后，她的末影珍珠和胸甲留在了原地。

贾克斯用脚尖踢了踢胸甲。"我以前从没见过末影人穿着人类的装备，从来没有。"他精明地瞥了一眼茉，"是你的东西吗？"

"没错。"茉回答。到现在为止，她对同胞的劫掠还有些生气。而露普并不是在对抗一切的末日战争中穿着茉的装备，好像那只是借来的一件衬衫。

贾克斯把胸甲还给茉。阳光下金属胸甲热乎乎的，茉把它抱在怀里像找回一只丢失很久的泰迪熊。她紧紧抱着，好像闻到了家的味道。不过，只有一点点末地的感觉，更多的像她的船，像她的哥哥和她失去的美好时光。

"谢谢。"她轻声说。

"你不用谢我，"贾克斯平静地说，他的声音头一次听起来严肃又柔和，"这是你的宝贝，你先拿到的，别人不能夺走。"

他太有规矩了。茉想。她很感恩，因为贾克斯帮她收回了一件属于她的宝贝，她原本的财产。茉把胸甲穿戴起来，感觉非常棒，坚固又真实。

贾克斯弯下腰，捡起地上的末影珍珠，转身就要走开。

"停下来！站住！你敢！"茉大喊着，"把末影珍珠给我！"

"别想！是我击败了她，掉下来的东西就是我的。胸甲是你的财产，末影珍珠是我的，我已经很公平了。"

"可那是她的末影珍珠！就像我拿走你的脑子当纪念品是一个道理。"

脑子？洛杉脱口而出。

不是！茉厉声说。

"她有名字，贾克斯！你知道她的名字吗？我知道。你把末影珍珠给我，我要带回家，好好保管，那是我的！"

"我是认真的。末影珍珠不是你的，你不是末影人，不是他们中的一员。末影珍珠会给你带来麻烦。我比你更有资格。而且，我也不想知道她的名字，这真是令人毛骨悚然。每个末影人的末影珍珠看起来都一样，其实也一样，没什么分别。你这样想，如果你战胜了某物，会不会出于尊重把对方所有遗留物都利用起来，而不是浪费掉呢？我尊重你的怪物朋友的强壮和力量，我确保她留下来的一切都会被充分利用，以增加我的强壮和力量。"但贾克斯看到茉脸上的表情，知道她不会善罢甘休，"好吧，无所谓，拿去吧，我有好多这玩意，我可不在乎。"

贾克斯把末影珍珠朝身后一抛，茉在草地上猛扑过去。末影珍珠还是热乎乎的，可怜的露普。茉禁不住想探究为什么露普出现在离泰洛斯城这么远的地方。不是每个末影人都在准备战争吗？没人知道所谓的"战争"只是四个人类小孩在寻宝。有些事情其实很简单，只是她看不穿。一个孤独的末影人根本无法承担这么复杂的思想。

我的世界：末地

茉眯起眼睛，她的双眼被刺痛了。她没见过太阳，还不知道怎样安全无虞地看它。它实在太亮了，谁能忍受呢？这个巨大的燃烧的火球整天都悬在他们头顶吗？还有那么多色彩（芬的眼睛是蓝色的，茉的眼睛是绿色的）！它们在眼前跳动着，既生动又眼花缭乱！不像末地舒缓的紫色、温和的黄色和让人安心的黑色。茉知道了，世上万物缤纷多彩。

"看起来熟悉吗？"贾克斯问。他的语气几乎算是……友善了。

茉努力辨认，她真的尽力了。"不熟悉。"她投降了，"我从来没见过跟这里一样的地方。这是什么？"

贾克斯环顾四周，"标准的森林生物群系。"他说。

"不是，我问的是这个。"茉往上指了指。她不知道怎么称呼。它又大，看起来又厚重，太陌生了。

"那个吗？"贾克斯顺着她的目光望去，然后回头看了看茉，接着又向上看，"那是云，"说完，他摇摇头，"格尔说得没错，哦，真可怕。"

洛杉用颤颤巍巍、半腐烂的腿站着。它啃了啃青草，尝尝味道，然后咀嚼起来。草叶滑进它的喉咙，从肚子上的一个洞掉出来，那里的肋骨都露出来了。

"这边来。"说着，贾克斯往北去了。他的步伐潇洒自在，轻车熟路，因为这里是他的地盘。

"我们去哪儿？"茉问道，她因恐惧而手脚无力，"会不会下雨？"

不过,这没关系,对吧?下雨也没关系。因为茉不是末影人,雨水伤害不了她。她试着思考,试着回忆,想回忆在末地之前的日子,想回忆除末地之外的日子,想回忆生活在这个充满绿色、蓝色和棕色世界的日子,而不是另一个。但记忆里空无一物,什么都没有,她只记得芬和康,还有末地和家乡的长夜。想找回记忆简直是不可能的。

茉看着她的马。洛杉好像已经停止生长了,如果不在乎它浑身的恶臭,现在它已经大到可以骑上去了。你仍然喜欢我的,对吧?她对洛杉说。你不介意我是人类还是末影人。

洛杉转过来蹭着她的肩膀,蹭得又湿又冷。然后茉感觉很尖利……

停!不许咬人!

洛杉看上去很疑惑,等它再长大一些就能理解僵尸马生命的问题了。妈妈,妈妈,脑……脑……脑脑子?它问道,但不太肯定。

不行!茉训斥它。坏孩子,不许吃脑子,起码不许吃我的。

洛杉闷闷不乐地刨着地。脑脑脑脑子。它不停地抱怨。

"你来吗?"贾克斯在背后叫她。

事实上,茉不想跟过去。她一点儿都不想被绑架到主世界,她一直都不想拜访这个地方,现在却跟一个只喜欢抢劫和伤害末影龙的浑蛋到了这里。好吧,抢劫宝物可以理解,但伤害末影龙呢?茉只好在附近画一条线,这样可以帮助她这个刚刚还是末影人的人类沿着线回到原地。如果贾克斯不

我的世界：末地

见了，她将再也无法回家，她会孤身一人滞留在这个明亮、嘈杂、宽广的地方。茉吃力地爬上身后的一个小山坡。洛杉不理解妈妈为什么不直接骑上它，然后奔向这里任何一个新鲜大脑。然而，它还小，只能接受这个让它想不通的选择。

茉很不情愿地一直走着，只能这样。

贾克斯的家坐落在山的另一面，是一座非常漂亮的房子。老实说，这是一座了不起的房子，算得上一座城堡了。它有四座塔楼，二十扇窗户，三座石雕像，坚硬的灰色大理石砌成的墙。茉、贾克斯和洛杉从另一边巨大的吊桥桥闸下走过，吊桥横跨在一条环绕城堡的小护城河上。护城河两岸种植着小麦和鲜花，还插着燃烧的火把。洛杉吸着湿乎乎的鼻子把头伸进麦地，闻了闻。妈妈！粮粮粮食？它嘶鸣着，听起来像小小的咯咯声。

茉微微一笑。当然啦，小宝贝，都是你的！

洛杉快乐地尥起蹶子。腐烂的灰色皮肤露出了骨头。它厚实凸出的蹄甲在阳光下反射出暗沉的光。它飞快地啃光了一小片麦地，贾克斯根本来不及喝止它"美化景观"的行为。

"唉。"他很无助，僵尸马开始吃他家的花了，"能不能……别流在我的花园里？"

可茉并不在意洛杉黝黑的马背上凝结的黏液汩汩流进贾克斯的花园。

"来吧。"贾克斯叹了口气，放弃了整个前院，"太阳快落山了。你要是不想晚上被困在外面就跟我来，相信我。"

他们把洛杉留下来享受它的第一顿大餐,然后过了桥。

茉小跑一会儿才跟上。"你找到这个地方实在太幸运了!要是我才不会离开家,你走了会不会有人想侵占它?"

"嗯,首先,这里不是我找到的,是我建起来的。"

"全都是你自己建的吗?"

贾克斯挺起身子,显得很自豪。"全都是我自己建起来的,用了好几年时间,连石像都是我自己设计的,但它还不够好。更远的内陆还有更大的城堡和更多家当,里面有一些是我的。我建造这里,只是想把各种事物和原理弄清楚,自此以后我就做得越来越好。可这里是我最喜欢的地方,因为是我建的第一座城堡。"

"我不知道你还会盖房子,我以为你是暴力狂呢。"贾克斯可能真的不坏,能盖出如此宏伟建筑物的人,应该不是那么坏。

贾克斯不屑地摆摆手。"哦,我以后不再建造太多建筑物了。这些都是以前建的,那时候我还小,现在我已经厌倦了。我把所有时间都用来跟苦力怕和僵尸战斗,把它们从我家赶出去。后来我明白了,什么时候只要我愿意,就能赶走它们,我根本不需要房子!真令人激动,我再也不会被困扰了!你在干什么,快住手!"

茉鬼鬼祟祟地猛地抽回双手。就在刚才,这还是一面光滑完整的石墙,而现在上面出现了个方形的洞。

"致敬伟大的混沌之神!"茉小声说。她在干这事的时

我的世界：末地

候，对自己的行为没有任何感觉，完全是自动的，像是本能反应。"对不起！"

"瞧你干的好事！你有什么毛病？我告诉过你，我花了好久才建起这座城堡！"

"可我实在忍不住！这里太漂亮、太完美了。"

"那当然啦！还用说吗？"

"你自己全盘设计……如此精确，如此完整，如此无误，如此……有序。"

"所以？你把它拆了？"贾克斯轻蔑地俯视她，"我能理解，你们是末影人，所以会这么干。你们看不得好东西，一定要在上面捅破个洞。"

"我为伟大的混沌之神效力。"茉挺直脊梁争辩道，"你的行为才是人类的行径——看见什么就要据为己有！"

"你说的是什么事？"

"宇宙！露普！"

"你就是个疯子！"贾克斯大喊着，跺一下脚向前走进了房间。桥闸通向一条长长的走廊，墙两边有各种奇形怪状的生物头颅，当然，还插着更多火把。

"我让它变得更好了！"茉在他身后大喊，"现在它完美了，是因为不完美！"

"住口，暴徒！"贾克斯向她大喊，"我才不听一个疯子说话！"

茉顺着长长的走廊跑过去追上他。洛杉跟在她身后。她俩跟上贾克斯的时候上气不接下气的。洛杉的肺在出生时就是腐烂的，而茉是因为之前从没呼吸过主世界的空气。空气如此丰富和充盈，她的身体不知道怎么适应。

"贾克斯！"她气喘吁吁地说，"听着，我不是疯子。嗯，可能我就是疯子，但不是因为宇宙和露普。宇宙在伟大的混沌之神和秩序之力的战斗中产生。混沌之神和秩序之力纠缠持续了几十亿年。有时，混沌之神占了上风，于是制造出末影人、潜影贝、苦力怕与火。有时，秩序之力占了上风，于是制造出人类、绵羊、猪、药物、石头和树木。最后，他们以平局终结了冲突。他们环顾四周看着身边的所有生物：他们创造了宇宙。于是，世上一切事物都听命于伟大的混沌之神或者秩序之力，并且他们将永远互相战斗，这是他们的本性。我听命于伟大的混沌之神，让你的房子变得更好、更漂亮、更完美。"

"你让它漏风！不论谁都可以顺着那个洞爬进来！"

"是的，是的，没错！如果有人这么做了，那该是多么让人吃惊的一件事啊！一个激动人心的故事就此为你展开！甚至是个危险的故事，越危险越激动！你永远无法预见人生下一步会发生什么，循规蹈矩是秩序的力量，那太无聊了。当混沌统治的时候，每件事都让人激动，因为什么事都可能发生，每一秒都是惊喜。所以，你不能让一个末影人保持你房子的完美，因为我们是在帮助你，真的。你好好想想。"

"好吧。"贾克斯说着，脸上浮起浅浅的微笑，是那种觉

我的世界：末地

得自己在争论中获胜的微笑，"那你也不能因为我击败末影人就老找我麻烦。"

"我可以。"

"不，你不可以。我刚开始听命于伟大的混沌之神，那个末影人没法预见她会发生什么意外。这才是百分之百的惊喜，我保证，这是一个激动人心的故事。"

茉不知道该说什么，他的话听起来既正确又不正确。她不想让贾克斯在所有事情上都是对的，但这肯定是混沌的。她决定换个话题。

"我们该怎么处理她的末影珍珠？"茉踌躇地问。

贾克斯示意茉跟着他走向另一个石头砌的大堂。这里狭窄得多，也没那么宏伟。"瞬移，"他说，"或者磨碎了制作另一副末地胸甲，我不知道。"

"我听说人类可以用末影珍珠瞬移。"茉突然浮出一个念头，"等一下。"说着，她在灰色鹅卵石铺就的走廊中间站住了，"芬和我经常瞬移，可如果我们不再是末影人，也就没有末影珍珠了，我们还怎么瞬移呢？我们的瞬移能力还不错，一整天都没问题。"

贾克斯上下打量她，一只眼睛斜视着看她。"我打赌我知道。"他说，"站着别动。"

贾克斯走上前接近茉，茉一点儿都不喜欢他这样。茉一直不喜欢贾克斯，不喜欢他看人的方式，不喜欢他说话的方式，也不喜欢他做事的方式，不喜欢他强行把她从船上带走。

唯一她有一点点喜欢的是，这个大块头人类男孩把胸甲还给了她，并且在这件事上很友善。他符合一切被教导的人类形象：吵闹、有侵略性、贪婪、粗鲁，以及喜欢的一定要得到。

虽然你是人类，如果人类是那个样子，那么你也是一路货色吧。你不是也见到什么就拿什么，最后弄到一整船的金银财宝吗？茉对自己说。

贾克斯把手伸进茉的口袋。口袋！她还有口袋！她以前从没注意过，因为末影人不需要这东西。他在口袋里摸索了一分钟，脸皱成一团。他的脸离她太近了，除了芬以外，茉从没这么接近过一个人类，但那时候还不知道芬是人类，对吧？

他继续摸索了一会儿，一个口袋能有多大？最后，贾克斯站直身子，开始一个接一个往外扯。一个奇怪的淡金色娃娃，一颗黑色的蛋，还有很旧的末影珍珠，上面落满灰尘。末影珍珠像瘪了的气球，接触到空气就开始散落。

贾克斯和茉盯着蛋、娃娃和末影珍珠……

"你还有一个不死图腾。"贾克斯吃惊地低声说，"你从哪儿得到的？"

"我怎么知道？我刚才才发现自己有口袋。可是，那些东西很重，我都不知道怎么一直带在身上的。"

末影珍珠冒出泡沫，变成糊状，然后渗进了地板。茉想，这就是空间传送。

"口袋嘛，"贾克斯慢慢地说，可他的脑子却在清晰地运转着，推理其他事情，"这是人类的东西，不是真正的口袋，

我的世界：末地

它是通往空白的空间和时间的捷径，里面装着你想要的一切。因为它可以同时无限大和无限小，所以你感觉不到它的重量和大小。它的承受空间有限，但一般来说你能装任何东西，完全没问题。你能瞬移是因为你一直带着末影珍珠，所以你比我好不了多少，那串末影珍珠也是属于某个末影人的。你可能是干掉了他们才得到的。"

"我没有！"茉大喊着，"我才没有伤害末影人！"

很明显，贾克斯不是真的在意末影珍珠或者图腾。他向黑色的蛋伸出手指，看起来他害怕触碰它。这个吵闹的让人讨厌的男孩突然变得虔诚起来，满怀敬畏。

"你怎么了？"茉问他。

"对不起，"贾克斯摇着头喃喃自语，"嗯，对不起，我知道你正遭受失忆的折磨或者其他麻烦事，但那是什么鬼东西，茉？你为什么有一颗龙蛋？你怎么会有一颗龙蛋？"

"那是一颗龙蛋？"

"那是一颗龙蛋？"贾克斯用音调很高的嘲讽语气尖叫着，"当然！那是一颗龙蛋，你个呆瓜！你从哪儿弄到的？"

"我不知道，你……"茉还不习惯人类那种羞辱人的方式，她踉跄了一下，反驳道，"大呆瓜！"

贾克斯摇着头难以置信："你一直都在对我撒谎！"

"不，我没有！"

"你真虚伪！总想给我灌输什么是错，什么是对，杀还是不杀，让我感觉自己是个坏蛋，是个人渣。你一直带着这颗龙蛋，却装成若无其事的样子，嗯，这太可恨了，你简直是个怪物。假如你还是末地那个可怜的迷路的失忆小孤儿，比起拥有不死图腾，怀揣一颗龙蛋也没有那么可怕。然而，在这里，你可没法说这东西是你刚发现的。没有人会如此粗心在附近丢失了它或者留下它。事实上，龙蛋根本不可能在这里出现。在我们搞清楚之前，你别想离开这里，因为你只有一个途径得到龙蛋。"

"什么途径？"

贾克斯皱起了眉头："你击败了一条末影龙。"

第十三章

太复杂了

贾克斯、茉和洛杉离开仅仅几个小时而已。

可是，芬自打记事起就没和妹妹分开过这么久。不知道她是否安全，是不是在附近。他从没有这么长时间不跟她说话。芬很紧张，心里不踏实，好像在黑暗里独行随时会跌倒。自从贾克斯把茉带走，其他人对他的兴趣就少了一些。他们还有更重要的事。等他们的朋友回来，秘密自然就揭开了。

同时，他们很忙。

人类在建造着什么。

劳瑞、格尔和杰斯的背上都附着一对灰色的柔软的翅膀，工作时就用翅膀从船上滑翔到港口旁边的小岛上。芬知道那是什么，鞘翅。就在几天前，自己还有好几对。现在，劳瑞和格尔用鞘翅带他去新基地。船上没什么他们需要的东西，除了堆成山的附魔书,剩下的也不多了。劳瑞想让所有人都集中在滩头阵地,她不让芬独自待在船上。

在小岛上,芬看着他们飞快地工作,简直眼花缭乱。他们的双手上下翻飞,如此之妙。芬低头看看自己的双手,觉得他们做的那些自己都做不了。他们自信、目的明确、泰然自若。无论他们要建什么,肯定有某种蓝图,但无须参考,相互之间也不用争论,很默契地就知道在哪儿放置下一个弯角或者其他什么配件。

劳瑞和杰斯负责砍伐岛屿北端的紫颂树果园。芬还没跟他们讲解怎么用这种水果制作紫颂果"爆米花",他们就把树砍了。格尔在西侧远离悬崖的地方,忙着雕刻大块末地石,这是末地最主要的材料。可芬认为这样还不够,你得把末地的一半岛屿都挖出来,才能建起跟泰洛斯城一样大的建筑物,看起来差不多是他们计划的那么大。建筑工地位于小岛中央的平坦牧场,周围全是可爱的小山包。然而,当他们把紫颂树和石头拖到这里才清醒地意识到,单靠他们找到的东西是远远不够的。

他们的口袋很奇怪,可以从里面拿出任何东西,石头、食物、武器,什么都有,像是把整艘船穿在了身上,东西多得就像在克赖和同伙洗劫末地船之前的样子,需要什么就拿出来什么,太神奇了。

"以混沌之神的名义起誓,这太神奇了。"芬低声说,没人听得见,他们忙得不可开交。

我的世界：末地

在芬看明白之前，劳瑞已经把墙砌了一半。她爬上一块直立的岩石制作门框；杰斯盘腿坐在新砌的墙内，把紫颂木做成家具；格尔一直挖到小岛的地底下，打造坚实的地基，然后从裤子口袋里拿出红石。这些看起来既荒谬又恐怖。人类都会这样做吗？芬能做到吗？

看来没有一个人想念贾克斯。

"嗯，当然他是我们的朋友，"当芬问到有关贾克斯的问题时，杰斯回答道，并且不嫌烦地从石墙上抬起头来，这堵墙正以惊人的速度不断加高，她的镐挥得让人眼花缭乱，"可他完成了整个任务，而且一直很专注。我不了解他是怎么生活的，劳瑞也不知道。"

"我对他的生活多少知道一些。"格尔说道。

劳瑞离芬和杰斯很近，她用拇指和食指对格尔做了一个不太明显的手势，笑了笑。

"什么样的生活？"芬问道。

杰斯嘴唇紧咬，看起来嘴角上翘："不用担心你妹妹和贾克斯，他们随时会回来的。"

"他们走的时候你们也这么说，"芬不耐烦地说，"我知道，我不担心。"可实际上他很担心。

"不，我知道你担心她。当我告诉你有关贾克斯的事情时，你就会担心。这大可不必，因为他不是坏人。"杰斯安慰芬。

芬挠了挠头。他还不习惯头发的存在，头发不应该长在这儿，让他不自在。"你不说我还不担心呢，因为没人说他坏，但你已经给他定了性。"

杰斯叹了口气，放下手里的工具："贾克斯喜欢杀戮。"

"太可怕了。"芬说道。

杰斯耸耸肩："是吗？你在这里以什么为食？"

"我不知道，"芬有些不自在，虽然他知道，"紫颂果而已。"

"那就对了，其实你也在杀戮。正如你现在看到的，你觉得没什么大不了，因为它是植物。那么末影螨呢？我打包票，你一看到就会马上把它们踩死。"

"两件事完全不同。末影螨是恶心的虫子，它们会啃你的黑色躯体。它们什么都不是，还笨头笨脑的，你几乎看不清它们是否活着。它们就是行走的肉条，对我们来说吃它们无所谓，吃潜影贝才是丧尽天良，而紫颂果只是植物。"

"植物也是生命，吃它们仍然是杀戮。而且，我敢说，如果你能跟一只末影螨沟通，它的思维里谁是行走的肉条还不一定呢。"

可你无法和一只末影螨沟通，相信我，我试过。你想不到我有多孤独。然而，在你们那个美丽的蓝色世界里，你可以把任何喜爱的东西塞进口袋据为己有。这些话芬没有说出口。

杰斯又大笑起来："当然啦，你也没办法跟一头猪、一只绵羊或者苦力怕说话。贾克斯仅仅是……芬，贾克斯需要安全感，他一直不承认，但事实就是这样。在内心深处他一直渴求安全感，所以他需要我们都安全。你不明白主世界是什么样子，太阳落山后不知道会遇见什么危险。在主世界我们

我的世界：末地

只能靠自己。在那里，我们四个人如果不团结一致，任何敌人都能轻而易举地打败我们。"

"如果杀戮很正常，那为什么你们觉得贾克斯的行为与众不同？"

杰斯在角落捡起她做的桌子："你瞧，用它去格斗很有意思吧？"她辩解道，"前提是你得擅长。贾克斯就很厉害，虽然我们也一样，但他尤其擅长格斗。只要一交手，企图挑战他的敌人就躲得远远的，甚至末影人也尽量避开他，因为总吃苦头。于是，他开始去各个国度游历。他一路前行，直到被敌人主动攻击为止。现在他迷上猎捕稀有生物……那些独特的怪物。他把猎物的掉落物带回家挂在客厅，成了个收藏迷。每个人都有嗜好，可他不是坏人，只是为了安全感不停地鞭策自己变得更强大。这也是人之常情，不是吗？"

芬当然记得他们当初来到末地的所作所为，他可不喜欢这种遭遇，于是问道："你是怎么遇到贾克斯的？"

"是这样，我和贾克斯一直是朋友。我俩去年夏天认识了格尔和劳瑞。贾克斯喜欢狩猎和战斗，我……我喜欢建筑，因为我贾克斯盖了所有房子。我教他怎样把栖身之所弄得更坚固、更有趣，而不仅仅是床上有个屋顶。之前，他只会建造大大的傻乎乎的单调的木头立方体，里边只有一张床。没有风格，没有美感，而我喜欢从一无所有变出新的东西来。比如，起初只是一块布满树木和巨石的宽阔草地，然后……转瞬间！我就把它变成了一艘私人游艇、一座宫殿，或者一条跑道。我在游戏里看到文化,在混沌之外找到秩序,你懂吧?"

芬有些不舒服。"我懂。"他尽力隐藏厌恶之情。混沌才是美好和鲜活的,秩序意味着丑陋与死亡,每个末影人都很清楚。这就像听一个魔鬼跟你吹嘘生在烈火中有多棒。不,一点儿都不好,它会烤掉你的皮肤。

"然而,我喜欢建筑,"杰斯接着说,"并不意味着我不喜欢一场酣畅淋漓的战斗或者一场精彩绝伦的狩猎。认识贾克斯时,他正在一个海滩洞穴清除洞里的蜘蛛,以防待在海滩上的时候头上跳上来一只。洞穴蜘蛛含有剧毒,非常恐怖。当时我在寻找材料建图书馆,一个可以装下我所有藏书的地方。你知道的,就建筑材料而言玻璃比沙子好。一座玻璃图书馆,我喜欢这个创意。总之,那时贾克斯差点儿变成蜘蛛的美餐,我帮了他一把。我俩笨手笨脚的,然后开始建造图书馆的工程。那时他对任何事都……不太在行,我也是。现在我们进步多了。我俩经常一起出去,因为人越多越安全。去年夏天我们猎捕到许多骷髅,一座全部用骷髅建的城堡是不是特别棒?"

要我说吗?芬暗地想。听起来真恐怖。

杰斯看着他就像看着个疯子。芬即使不用意念也能读懂杰斯目光中的含义。她的意思是:这么精彩的设计,他为什么不认同?

"嗯,我们跟踪一个骷髅来到一片宽阔的沼泽地,开始无穷无尽的冒险。"

劳瑞小跑着过来,在那张还没完工的桌子旁边站住,问

我的世界：末地

道："你们在谈论去年夏天吗？"

"是啊。"杰斯回答，"芬想知道我们是怎么认识的。"

劳瑞从她那巨大空间的口袋里掏出个煮熟的苹果，开始大嚼起来。"你们把我们从一个女巫手里救了出来，太棒了！"

杰斯耸耸肩，继续沉浸在往事中。"沼泽很大，积水又泥泞不堪，毒虫和怪鸟横行。月光下一片寂静。然而，沼泽不像果园和山上，没有合适的建筑材料。反正我不喜欢。天黑前甚至没办法搭个庇护所。太阳落山时，女巫出现在小小的沼泽屋里，周围都是点着沼气的火把。你以前见过女巫吗？"

芬摇了摇头，主世界里的很多生物他确实无法想象。在末地，每个末影人都长得一模一样。他从来不担心碰到不认识的怪物，像女巫、骷髅或者洞穴蜘蛛什么的。

"她们平时就是模样恐怖的炼金术士，"劳瑞脱口而出，"这就是我和格尔去找女巫的原因。杰斯肯定告诉你了，她是建筑师，贾克斯是猎手——嗯，我喜欢做实验。把各种东西混合起来，看能不能产生爆炸或者新事物，找到新用途，这真是世界上最妙的事了。就像猜谜，你在猜出来之前完全不知道谜底是什么，例如你和你妹妹就是个谜。因此，我们找女巫的原因是女巫有毒药，药性很厉害，而我需要它。你知道。"——劳瑞满怀信心地斜靠着——"我认为某一天，我可以抛开一切去当女巫，只要愿意就能做到。我总是有很多稀奇古怪的想法。我从上到下穿着黑衣服在沼泽地挖洞，随身携带的瓶子里装满恐怖的化学药品和魔法药水，还有其他令人毛骨悚然的东西。如果这次末地任务没有完成,我会启动这个备选计划。"

格尔一直看着他们聊天,现在他放下斧头也参与进来。

"格尔和我一起去,是因为他从没去过沼泽地。"劳瑞说。

格尔点点头:"我喜欢探索,每件事都让我有所收获——收集、狩猎、合成、建筑或者至少看守房子。每一次我都能很快找到金子,甚至钻石矿。一点点的钻石就能让我开心一星期。可凭空出现的女巫很霸道,她们把所有东西据为己有。我们被一个女巫抓了起来,她把我们囚禁在一个由几百瓶毒药药水组成的牢房里。如果我们逃跑,碰到毒药身体就会缩小,她就会把我们拿去熬汤。女巫是最坏的。"

"嗯,公平地说,是你们抢劫了她。"芬说道。

"就算是吧,可她想伤害我们!我把这个叫作反应过度。而且她总是不停地制造更多毒药。"

芬想起克赖和他的士兵把他和茱最珍爱的东西全都搬走的那天。他当时太气愤了。如果那时候他有几百瓶毒药,他会怎么办呢?

"我和贾克斯冲进女巫的地盘,"杰斯继续讲这个故事,"女巫身边有一大堆苦力怕,还有一个僵尸管家。我们用一整晚时间才制伏他们,然后拆了牢房把伙伴们放了出来。"

"你们把对方全干掉了吗?"芬的脸上表情复杂。他以前从没有表情,如果不表现出他的全部感受,就无法让人看出他是否感兴趣或者是否被吸引。他皱起眉头,于是两条眉毛

我的世界：末地

上下跳动；他还学会了做鬼脸、斜眼看、抓耳挠腮。在芬看来，人类的故事很荒谬，那些事情和那些地方他从没听过。他们和芬混迹在一起只能这么说，或者至少说得会夸张些，听起来比任何十二岁孩子的生活更冒险、更激动人心。然而，芬和茉的人生才刚刚开始，那些人类都没办法做到的事情，他俩行吗？

杰斯看起来还是心有余悸。"那个僵尸管家已经死了……"她心不在焉地耸耸肩，"从医学角度可以这么说。"

"她有能力把我们全干掉。女巫只在夜里出没，随时随地想猎杀我们。在那里，每件事都是针对人类的。能生存下来就是胜利，你不要站在自己的立场批判他人。你被猎杀过吗？我想没有。"劳瑞说。

芬从没被猎杀过，从来没有，但这也不能证明他们的话就是正确的，对吗？末地有很多末影人也很卑鄙，但他没惩诫过他们，茉也没惩诫过他们。然而……当这些人类聊起主世界、沼泽、女巫、海滩洞穴、毒蜘蛛和骷髅城堡时……却听起来……如此激动人心。与末地每天都过着雷同的日子相比，主世界大不相同。想象一下，你住在一个永远不知道下一秒会发生什么的地方；想象一下，你在一个颜色远远不止黄色、紫色和黑色的地方。这个地方最大的冒险比在末地之穹受训有趣得多。

"不过是些怪物，"格尔嘟囔着，"没什么大不了的。"

关于主世界所有的幻想瞬间从芬的脑海里消失了。"只是些怪物？只是些怪物？你的意思是……像末影人吗？"他反驳道，声音特别大。

杰斯翻了个白眼。"对啊，确实很像末影人。末影人非常怪异，他们简直是外星人，特别可怕！你就算不想打扰任何人，只是做自己的事，末影人也会怒气冲冲地撞过来。你只能把他们当罪犯看待，认定他们以前干过什么坏事，因为他们也会冲过来干掉你。先下手为强，这就是生存法则，动手最快才是生存之道。一旦你看到某个末影人冲过来就晚了。你知道末影人在主世界干掉了多少人类吗？不计其数！而且他们不像是为了得到我们的宝贝才这么做。我们来到末地的时候会在出生点重生，把装备都丢在死亡的地方，可末影人从不会把装备拿走。而且，我告诉你，重生没有乐趣，它造成的伤害数不胜数。你会很虚弱，几乎动不了，眼前每样东西都在晃动，除非手上有治疗药物，或者有好朋友帮忙，或者有一个不死图腾，才能躲过重生伊始的虚弱状态，不然在很长时间里，你都没办法发挥全部力量。"

芬觉得双颊火烧火燎的："你们还待在这儿干吗？这里到处是末影人！你们为什么不让我们自得其乐？我们不是怪物，你们才是！你们在我们的地盘上为所欲为，不论你们想干吗，不论你们想要什么，反正都不在意是不是自己的，人类全都一样！"

格尔涨红了脸，尴尬过头就成了怒火。他觉得自己受到了侮辱："如果人类全都一样，你也是坏人！你是人类，你个白痴！即使你已经有了一整船宝贝，我敢打赌，如果想得到

我的世界：末地

一桶金子的话，你肯定会在某个地方逡巡，看到你要的东西后，跟那些卑鄙的坏人一样，不打招呼就拿走了。如果你的末影人朋友知道你的真实身份，他们肯定也会像对付我们一样对付你，那时候你就不觉得他们好了！芬，控制自己，认清自己的处境，面对现实吧。如果人类是怪物，你也是！"

芬拼命压抑自己不哭出来："照你说的，末影人是怪物，所以我也是！"他大叫着，"马上滚出去！走开！如果你们不来，我还住在船上，还跟妹妹和最好的朋友在一起，没有任何问题！我仍然很快乐！你们在这儿干吗？为什么不滚回去，从哪儿来回哪儿去！"

"简直一派胡言！"劳瑞吼着，"冷静下来，芬，我们只是普通人，跟你一样。"

"谁和你们一样！我从来不侵略任何人！瞧瞧你们造的孽！看来克赖是对的，即使你们的队伍才四个人。你们有什么权力在别人的土地上为所欲为，不管对方是谁？"

"主世界的规则就是这样，"格尔说道，"每个人都是如此。"

"如果是那样的话，主世界糟糕透了，所有人类都糟糕透了。"芬双臂交叉抱在胸前，长长地呼出一口气。

"那么，你在拿走每件东西之前征得别人同意了吗？哪怕是石头、矿石和木头？"格尔反驳道。芬对格尔的质问无言以对，他痛恨自己的无语。"说来话长。"芬含混不清地说。

劳瑞尽力向芬解释："你想知道我们为什么来这儿吗？原因不是一两句话说得清的。我们不是末影人。人类的个性大不相同。没错,与末影龙对决是贾克斯的爱好,我要强调的是,很多人都这样。就好比人们见到一座山,有些人想把它画下来,有些人想居住在上面,有些人想在这里开矿,但大部分人想攀登它。贾克斯就是攀登者之一。然而,我们几个来末地的原因多种多样。我想找到新原料,我的志向是当矿工。你们这儿矿石、食物和宝藏很独特,是别的地方没有的。格尔想看看这个主世界传说中的美丽土地。他是个画师,虽然他或多或少都参与了贾克斯的计划,我也一样。"

格尔看起来有些尴尬。"我喜欢游历。然而,一旦你到了目的地……最好有正经事可做。我需要行动,不然还不如待在家里。"

劳瑞点头表示赞同。芬感觉他们到这儿来的目的不完全与贾克斯的计划相符:"杰斯是想……"

杰斯的双手在膝盖上揉搓着。她肯定能很好地为自己的行为辩护:"杰斯想住在山上。"

"用残暴手段统治末地吗?从这座城堡发出指令?打算当末地女王?"芬紧握双拳。桀骜不驯的格伦普不会乖乖就范,芬也不会。

杰斯惊呆了:"不,就是住在这里而已。谁要统治一个国家?太麻烦了。我真的烦透了那些动不了我一根汗毛,也推不倒我的房子的可爱友善的小怪物。一旦我贮存了足够的南瓜,就建一座小城住下来,从此不再担心女巫或蜘蛛、骷髅、僵尸管家、苦力怕之类的东西。可以盖自己的玻璃图书馆,

我的世界：末地

过着快乐的生活。我嘛……长大以后想变成你这样的人。"

芬惊讶地望着杰斯，她想变成自己这样的人？可是……她坚强又自信，该有的都有了，而且很漂亮。她有细腻的棕色皮肤，棕色头发扎成长马尾辫，还有一双棕色的眼睛，满脸洋溢着快乐、善良。她看上去一点儿都不可怕，也没有暴戾之气，和怪物毫不相关，只是一个想自己建座图书馆的女孩而已。他唯一认识的另一个相似的女孩就是妹妹。等妹妹回来后，如果能弄清楚他的身世，那么只有这个女孩和她的朋友们才能帮他，已经无法指望末影人了。也许很快，当兄妹俩的真实面孔公布于众时，无论克赖、露普，还是可妮卡，甚至连伟大的混沌之神代言人艾尔莎都会反戈一击。唯一有可能帮他们的康，也仅仅是有可能而已。所以，他和茉都不指望从末影人那里得到任何援助。芬很明白，如果想得到人类帮助，以后就不能称呼他们怪物了，不管他们是不是怪物。

芬擦干眼睛深深呼吸一下："盖图书馆不错，"他吸了吸鼻子，害羞地笑了起来，"我还知道在哪儿能找到一些书。"

"真的？"杰斯睁着又大又圆的眼睛问道，"能送给我吗？"

芬点点头："只要茉同意就行。她肯定会同意的。不过，最好问她一下。"

"只要几个来回就能把书都送过来。"劳瑞说，"书里讲的什么？"

芬耸了耸肩。"我还不知道，那些都是附魔书，我一直没办法打开它们，一本都打不开。"

第十四章

在军中

来吧。指挥官克赖说。拿着它,你会变得更强大。

末地碎片可妮卡看着这个奇特而陌生的东西,伸出细细的双臂接过来。她很犹豫,心里没底气。在末地之穹的衬托下,她看起来忧郁而冷静,几乎像个成年人。

其他末地碎片小心翼翼地望着她,想等着瞧她怎么做。可妮卡很有威望。一些末影人从来不敢单独行动,怕失去智慧,但可妮卡从来不会落单,因为只要有她在身边,其他末地碎片都感觉充满活力。克赖高大、令人敬畏且易怒。他像一艘暴怒的黑船闯进末地之穹,身边跟着十五个随从,他们的名字前面都带着各种有趣的头衔,例如"上尉""下士""上士"。克赖中断了"左手攻击"训练课程,要求所有碎片集合在一起听他训话,还命令督导奥瓦里不许妨碍他。

我的世界：末地

指挥官克赖先是让他们长距离意念瞬移，但可妮卡拒不执行，于是其他人也拒绝了，无论可妮卡做什么，他们都跟着。

这是什么东西？可妮卡问道。

你应该知道，碎片。克赖嘲笑地说。挥动一下。

可妮卡没动。这是一把剑。

毋庸置疑，这是一把铁剑，带着节肢杀手附魔，是一把非常好的武器。你的两位年轻而高尚的朋友为我们的事业捐赠的，圣战结束后可以去感谢他们。

可它不应该是一把剑，精英克赖。

是指挥官克赖！请用正确的称呼跟长辈说话！上尉塔玛大声说。但克赖自己很冷静，这个年轻人毕恭毕敬的态度不像真心的。是吗？为什么不该是一把剑？

因为你让我使用它。我不能使用剑。

你当然能用，谁跟你胡说八道的？

督导奥瓦里说过，末影人不能像人类一样屈服于武器。一个碎片高声说道。

武器是秩序的工具。它们是用精密和规整的工具制作出来的，人类用它塑造和控制整个世界。另一个碎片也尽职尽责地背诵起上星期的课程内容。

可妮卡接着背诵：末影人是优秀的，伟大的混沌之神只需要我们拳头的力量，因为它永远不会丢失，不会被破坏，或者被其他东西熔炼，也无法被偷走。

克赖扫视着所有末地碎片。最后，他的目光碰到奥瓦里，对方眼神很清楚地透露出自己的态度。我明白了。克赖最后说。我可以提出反驳的论点吗？奥瓦里督导表示许可。

谁是你的拳击伙伴，碎片可妮卡？克赖问。

可妮卡指了指站在前排，一个叫尼夫的末地碎片。

打他。

可妮卡再一次犹豫了，她瞥了一眼奥瓦里。

别看奥瓦里！看我！我才是你们的指挥官。伟大的混沌之神赋予我统治所有末影人的权力，授权我建立末地有史以来空前绝后最伟大的军队。奥瓦里做了什么？教小孩子在互相乱踢的时候别碰破了脚指头而已。

我记得你说过，碎片不用参加战斗，指挥官克赖。奥瓦里冷冰冰地说。

我改主意了。在这场伟大的战斗中，武器必须物尽其用。看着我，碎片可妮卡。今天是左手攻击人类训练日，现在假设他就是人类，打他，展示一下左手攻击的技巧。

可妮卡朝尼夫猛冲过去，击中了对方的胳膊。克赖是对的，他们整天训练，对打是每个人都喜欢的项目。尼夫流血了，但伤势不严重。可妮卡的力道适中，除非是无限制格斗日。尼夫揉揉胳膊，向可妮卡笑了笑。可妮卡知道，尼夫没有因为在所有末地之穹成员面前被重拳猛击而发怒。尼夫也从来不会因可妮卡而生气，他们自打刚被复制出来就是朋友。他们一起穿过岛屿追赶末影螨；为了好玩，在奥瓦里背后互相向对方扔紫颂果。如果只在他们俩之间，这种无伤大雅的

我的世界：末地

玩笑对他们的聪明才智来说是很容易的。

克赖轻轻地把手放在可妮卡的肩上。现在，拿起剑。

每个人都知道，可妮卡不愿意这么做。她的话在大家脑海里清晰又明确：剑是非自然的，是秩序的产物，它代表人类。

而且，这把剑很可能会杀了尼夫。突然，可妮卡果断地捡起剑。她自己也不知道为什么。她举起剑，剑在她的手中沉重、冰冷、陌生。她的思维也沉重、冰冷、陌生。克赖的意念压制着她。督导奥瓦里看起来惊慌失措，尼夫汗如雨下。可妮卡已经挥动胳膊开始进攻，完全不由自主。

我们在对战吗，可妮卡？尼夫颤抖着问道。这只是训练。

打他。克赖命令道。

他会受伤的。可妮卡说。

我们在打仗，碎片可妮卡。威胁你的人类可不会站在这儿跟你唠唠叨叨。他们会马上行动，二话不说就动手。你还没反应过来就用剑刺穿你了。每个人都会受伤，迟早的事。

可妮卡来来回回看着尼夫和克赖，非常无助。然后，她的意念中全都是把尼夫砍倒的想法。不知道这些意念哪儿来的，突然就纷至沓来闯进她的脑海，于是她将铁剑高高举起。

住手！督导奥瓦里愤怒尖锐的声音锋利地穿透可妮卡的头脑，把她刚才的想法消融得一干二净。可妮卡摇摇头，好像脑袋里都是嗡嗡响的蜜蜂。克赖的意念化成了无意义的噪声。当然，我们需要每个末影人都勇往直前。奥瓦里语气和缓地说。就像指挥官你说的。她谨慎斟酌用词。但没必要把年轻精壮的勇士消耗在无谓的证明上。我们可承受不起这样的损失。

指挥官克赖在末地之穹每个成员的意念里狂笑起来。当然啦，督导！你不会以为我允许碎片真的伤害伙伴吧？你太蠢了，我会宽恕你的！你想象不到一个精英和指挥官的心胸有多宽广！你只看到事情的表面，看不到实质，我的求证已经完成了！碎片可妮卡在跟对练伙伴肉搏时毫不犹豫，但使用武器时却僵住了。这是因为她明白武器比拳头威力大，明白赤手空拳对抗敌人并不能给对方造成致命伤，可使用武器就会使敌人丧命。碎片们，为什么面对人类时要放弃使用武器呢？为什么主动让自己变得更弱小，动作更慢，没有防卫能力呢？太荒谬了！现在这里有很多武器可选择，每个人都挑自己趁手的，要开始真正的末地之穹训练了！我将授予你们所有人列兵军衔——除了你，可妮卡。你已经做得非常好了，我授予你中尉军衔。

这时，身后响起一阵细碎的脚步声。克赖从可妮卡手中一把夺走剑，一整套动作行云流水，一个转身就把剑向一条正穿过院子的末影螨投掷过去。剑锋刚碰到表皮，末影螨立刻毙命。

节肢杀手！克赖满意地说。太了不起了！

其他碎片穿过院子奔向克赖的军官们，在芬和茉珍爱的收藏中挑选合适的武器和盔甲。可妮卡愣愣地盯着插进石头的剑，剑还在微微颤动，死了的末影螨已经化成一缕烟。为

我的世界：末地

什么我刚才想杀了尼夫？她思考着。为什么我有这个想法？但没人再去注意她，因为指挥官和督导正在训练场上针锋相对。

我不同意使用武器，指挥官。

我不管你同意不同意，我才是指挥官，我说了算。

这不是我们的行事作风。我们必须有足够的人聚在一起，共同讨论，根本不需要指挥官。

可是本指挥官在这儿，就在你眼前，奥瓦里督导！一直以来，没人能聪明地看到这一点。当大家在中央岛屿聚集一堂的时候，各种意见最后统一的时候，我终于看到了真相。我们必须走这条路。末地一直忍受人类世界的摧残，为什么？为什么我们得忍受这一切？为什么我们不能统治主世界？那里如此富饶，我们却只能躲在末地守着少得可怜的贫瘠土地。如果他们抢走我们的地盘、我们的资源，我们也可以抢他们的。但我们没有，因为固守着愚蠢的信条，例如不使用武器，不听命于首领。我要让大家变得更好。奥瓦里，你走着瞧吧，在我的统治下，我们一定会飞黄腾达！我们要去主世界阻止所有坏事发生，我们还要战胜雨水！

督导眼睛里闪烁着危险的光芒。克赖，你的言论是在亵渎神明。

我没有！

事实胜于雄辩。你把自己看得太了不起了。你组建了军队，有军阶，有责任，你尽力向人类的能力靠拢。你的意念里没有混沌之神，没有不可预见的圣火。你成了秩序的仆人。

不要再胡说八道，不然我让你永远沉默。克赖嘶叫着威胁道。

督导奥瓦里双手交叠放在身后。我怀疑你的行为比你说的还过分。小可妮卡差点儿杀了尼夫，在末地之穹她永远干不出这种事，他们已经是一对固定的训练伙伴。任何时候，末地之穹都有不少于五十个碎片在受训。我们的理念一直是冷静和文明，因此他们才来学习。然而，她却做了那样的事，差点儿谋杀了朋友。而且，看看你的军官！他们大概和你一样聪明，集结成群到处走动，简直是一群克赖！他们为什么对你俯首帖耳毕恭毕敬，完全没有异议？他们为什么这样？他们又不是你的末地，不是你的家族成员。

克赖笑了起来，一个深深的、诡异的笑。我是精英，在很久以前自愿把自己分裂，产生了一个家族。有可能他们只是单纯地尊敬长辈罢了。

我也是精英，克赖。我们是平等的。难道你忘了末地之初的种种吗？末地先于我们存在，并将永世长存。难道下一步你就要宣称是你建了那些末地城吗？你的傲慢太丑恶了，指挥官。我教导一代又一代末地碎片，他们不需要因为我是古老的精英就要对我完全服从。克赖，你又干了什么？秩序之力难道许诺了你什么吗？

奥瓦里督导，别对我动怒。我们的立场是一致的。我们都只不过想生存下去。人类快来了，我们必须团结起来摒弃前嫌。克赖伸出一只细长的黑色胳膊搭在奥瓦里肩上，做出

我的世界：末地

　　友好的姿态。克赖的手又湿又冷，因激动而颤抖，然后开始变得灼热。

　　那艘羁留在黑暗中的末地船真是太伟大了，我的督导。克赖的沉思低语传输给奥瓦里。我从没想到这对双胞胎能完成如此浩大的……工程。我把他们排除在末地之穹之外可能是个错误。他俩可以很好地为战斗效力，如果加以训练可能更出色。但你是怎么知道的？我又怎么知道？指挥官克赖抽回手，手指上包裹着几块保护身体的皮子，一块皮子染着深钴蓝色。奥瓦里的身体不停抖动起来。

　　太棒了。克赖说。我在不计其数的药水中发现了这个——虚弱药水。它能让你动作缓慢、头脑发昏、无法命中目标。而且，假如旁边有一个强大的意念呢？嗯，一个比较弱的意念就轻易被控制了，真是太棒了，多奇妙实用的东西。你可以说这是亵渎神明，但不能说秩序没用。就像剑和拳头，拳头更圣洁，但我选择剑。当人类世界从上到下全都归我所有时，混沌之神可是有大把时间统治一切。这是合乎逻辑的。除非人类都从世界上消失，否则我们如何能安全？如果少部分秩序能为末影人所用，为什么不把它们吸纳进来？况且这只是权宜之计。

　　奥瓦里昏昏沉沉地盯着克赖锐利的眼睛。遵命。奥瓦里说着，好像这个想法一直以来都是她自己的。谨遵您的命令！古老的精英奥瓦里慢慢穿过院子，和其他军官站在一起。

第十五章

雨

茉!

这个意念从贾克斯家的窗户外飘进来,像一个热蛋糕散发出来的气息,熟悉、舒适而甜蜜。

茉!

茉正在睡觉,在一张床上。这张床是不会碎成一堆的。她以前总是和哥哥蜷曲在船里的地板上睡觉,像只流浪猫,但贾克斯坚持要她睡在合适的床上,他保证这样更安全。早上,贾克斯就在她身上洒一些"女巫"的药水,看能不能唤起她的记忆。她真的一点儿不喜欢冠以"女巫"这个名字的药水。女巫是谁?她的厨房打扫得干净吗?茉能相信这种药水吗?茉能相信贾克斯吗?而且,女巫是什么?可贾克斯下定决心要揭开谜底:茉到底从哪儿得到龙蛋和不死图腾的?

我的世界：末地

当然茉也想知道。或许她不想知道。如果她通过什么可怕途径得到它们……或许不知道更好。贾克斯没把这两样东西拿走，至少她很欣赏他的这种举动。贾克斯明确恪守着那些准则：她的财产就是她的，他不动一分一毫。即使贾克斯其他各方面跟克赖和混沌之神代言人说的人类一样，他还是有些良好操守的，比克赖好得多。

在床尾，她的脚边，僵尸马洛杉呼噜呼噜打着鼾。它硕大发霉的鼻子随着每次呼吸都张得很大。妈妈妈妈。洛杉满足地打着鼾。脑脑脑脑子。

茉！

茉正在做梦，梦中有个意念在寻找她。茉梦见末影龙的中央岛屿，或者不是那座岛，她不能确定。那里有一样的黄色砂岩，一样的黑曜石柱，一样跳动在银色灯笼里的水晶火苗。一样高大、黝黑的末影人身边飘浮着模糊又朦胧的紫色意念火花。一样的外貌恐怖、身形美丽又巨大的末影龙在天空穿梭，只是天空不是黑色的，是蓝色的，跟主世界一样。太阳像盏灯似的发着光。茉站在一根柱子顶端，一个末影人站在她身边，但不是芬，不是康，不是卡申，也不是露普。

那是克赖。

克赖一言不发，伸出手抓住她的胳膊。那只胳膊在他有力的手中垂落下来。可怜的无尽的垃圾碎片。克赖说着，用手抓住她的另一只胳膊，这只胳膊也没有疼痛地轻易被扯了下来，轻得像一片草叶。在战争中与人为善就是浪费时间。

他蹲下来从膝盖处把她的腿掰断了。最后，所有事情都是美好的。仍然没有任何痛觉，但茉摔倒了，她想保持身体平衡，想告诉他不要拿走她的腿，她需要腿，军队是用不着的，对吗？但她嘴里说不出一个字来。指挥官克赖张开手想拿走她的另一条腿。每个人都必须放弃一些东西，末地才能继续生存下去。茉想逃跑，但克赖紧跟在后面，他实在太高大了。

梦中，茉听见远处的声音。是另一个人，像连珠炮一样说着话。

快跑！快跑！快跑！别管我！我没事！

绿眼睛男孩，我的绿眼睛男孩。

我感觉到了，像一场海啸。先是海浪后撤，过一会儿，当你以为风平浪静的时候，海浪又一次袭来，冲刷卷走了一切。我爱你。

我爱你。

接着，一个高耸的末影人突然出现，完全盖过了她，再也不是克赖了。他巨大的末影人脑袋上长着奇特的蓝眼睛。蓝色的眼睛和一串末影珍珠。茉认识那双眼睛，那是贾克斯，他钻进了一个末影人的躯壳，用跟茉一样的藏身方法。末影人贾克斯把胳膊还给她，然后是腿。是你干的。他低声跟她说。你击败了他，我为你骄傲。

茉！

伴随着一阵尖叫，茉醒了。我什么都没干。她呻吟着。

洛杉抬起一只萎缩的、黏糊糊的眼睛看着她。这匹僵尸

我的世界：末地

马紧张起来，准备对抗任何东西，保护它的妈妈。

但什么都没有，只是它脑海里一个小小念头。

茉！

这个人类女孩环顾黑漆漆的卧室，想看清楚周围，却连支火把都没有。她从窄窄的木床上踮着脚尖站起来，向窗外望去。茉凝视着月光照耀的屋顶，那是贾克斯住的地方。浅绿色的草地，深灰色的山峰，丁香花和罂粟花在晚风中摇曳，它们在阴影中显出黑灰色，而不是紫色和红色。

茉，是我。

黑暗中出现两只绿眼睛，康坐在两层楼下面的草地上仰望着她，屁股下是他的音符盒。

你好。康对她说。

你好。茉回答。

脑子！洛杉果断地说。

住口！茉训斥它。

脑子。洛杉悄悄地说。

康，你在这里做什么？贾克斯抓住你肯定不会放过你。

那我先抓住他。

露普已经死了。

康眨了眨眼睛。真的吗？她真的……死了吗？

茉点点头。贾克斯还拿走了她的末影珍珠。

真是个完美的……人类。康吐了口唾沫。

不是的，你不明白。露普想伤害我，她孤身一人，意念里除了对战没有其他念头。我试着跟她谈话，但她……完全没了理智。她就像……你知道的，就像芬常说的，我们落单的样子。

是吗？像我们一样？

茉不吭声了。她再也不能把自己归到"我们"中去了。面对康，她不是"我们"，不是"咱们"，只是跟其他人类一样的人类，而康会把她当作敌人。

康倒是很轻松。没关系。他说。对不起，别听我的，没关系的。

茉向外看着康站的地方，那里有斑驳的阴影。等等，你一个人来的。她迟疑地说，不想冒犯他。你还好吧？你是康吗？

我明白，我独自出现在主世界的确很怪异。确实，我孤身一人已经有一段时间了，但我还是我。黑暗中，他抬起长长的黑色手臂，相当平静。他的思维冰凉而集中，像透明玻璃杯中的水。看到了吗？没错，我就是康。

你说的"一段时间"是什么意思？

康没有理会茉的问题，他继续说：茉，你不是末影人，芬也不是。格伦普肯定属于末地，伟大的混沌之神却不是。不明白吗？你想想看，即使每次我们三个在一起，我也是孤零零的。我弹奏音符盒比任何人都棒，我也不愿意杀死生物，我宁可吃了自己的脚指头，或者从末地岛屿跳进无尽虚空也不会下手。

茉感到彻骨的寒意。她是人类，这可以解答许多疑问。那

我的世界：末地

么康是什么？他的一切又该怎么解释？嗯，我们……嗯……我们应该讨论一下这个问题，对吗？

或许吧，但还有更重要的事。现在，我相信自己拥有末影人的超能力，而且利用这个离开了末地。我是来救你的。康的脸部抽搐一下。这些听起来很蠢，感觉也很蠢，但他就那么做了，他想尽办法来这个坏蛋的地盘拯救她。

救我？可我很好呀。贾克斯明天要在我身上做实验，我们相安无事。

康的眼睛眨了又眨。听起来是不错的计划，然后午饭后拷打折磨你？茉，即使作为人类，贾克斯也很坏。

他说这样可以恢复我的记忆。康，他说了很多，我不知道该不该相信他。说实话，他是对我做了很多疯狂的事。

好吧，相信我就是你的朋友，我以前是你的朋友，永远都是，我一直都是这么想的。我不会拿你做实验，也不会把你丢下不管。而且，任由一个疯狂的人在你身上做实验很危险。

茉眨了眨眼睛，以前她可没遇上过这种事，贾克斯有可能会故意伤害她。在茉的人生中，还没有人想真的伤害她。最坏的事情也不过是把她独自撇在一边，让她身上一无所有。

我们走吧，我知道哪里有传送门，你别出声，我们就可以在他发现之前偷偷回去了。我们必须小心，这样他就没法跟踪我们回末地了，也就没法伤害末影龙或者其他人，就算他再生气也没办法。

可其他人……

我觉得其他人跟贾克斯不太一样,他们只是和芬一起在那个奇怪的小岛上闲逛,没有伤害任何人。真的很奇怪。我倒是希望他们开始杀戮,可这并没有发生,我不知道该怎么办。

你一直盯着他们吗?这个念头在茉的脑海中冒出来。这时,一面美丽的旗帜在泰洛斯城最高的塔顶徐徐展开,这是康的微笑。

我可是个探子。他自豪地说。格伦普让我藏在它的壳里。

茉震惊得几乎要从窗沿跳出去了。什么?格伦普从来不让任何人进它的壳!跟其他人比起来,它是最不讨厌芬的,可它只允许芬站在离它一码远的地方,能在它的壳上放一根手指,可还是会咬他。

你俩没跟格伦普交代一个字就跑了,我想它肯定很害怕。如果潜影贝受惊,该怎么安抚它呢?我从来没碰到过这样一只潜影贝。你明白,它们一般不经常说话,对吧?它们通常什么也不干。直到现在我还是想不明白,每件事都不可思议。

我也从来没碰到过你这样的末影人。而且,我打包票,一天或者一天半以前,你也从来没碰到过我这样的人类。潜影贝的壳里是什么样子?

拥挤,黑暗,气味怪异。格伦普不让我点燃火把,而且说的话很奇怪。它说,跟格伦普永远待在这儿吧,我们可以憎恨一切。这不是世界上最古怪的念头吗?于是,我赶快逃出了那个壳。茉!康说道,眼光转向另一扇窗户,那是贾克斯的窗户。我不想老这么站着跟你说话,快来,跟我一起回

我的世界：末地

家吧，没什么难的。我没疯，你也没有错。我现在懂了，我只是伤心，我就想让生命有意义，可这个愿望还没实现。当下先把我的事放一边，我们要让你的生命有意义，而且你只能和我们一起去完成。你们兄妹俩和你们的船，你们的潜影贝和我，这就是你的末地。贾克斯不是你的末地，他只是个猎人，想抓到些独特的猎物。所有的猎人都一样，而且你本身就很独特。

茉回头望着卧室门。我不知道。她说。可能他已经找到答案了，谁也不知道发生了什么。我口袋里有些东西，我甚至都没察觉。几个小东西。那个图腾的含义她完全不理解，这对她也没什么大不了的，但末影珍珠的含义她深深理解，可她没告诉康。有些事情错得很离谱，无法原谅。万一他看见露普的末影珍珠，知道了它的主人，得知了所有真相怎么办？可能以后再也不跟她说话了。我口袋里还有一颗龙蛋，贾克斯说我只有一个办法能得到……可我如果真的用他说的办法得到龙蛋，无论如何，我都永远，永远不回末地了。

我不在乎你口袋里有什么东西。不论你做了什么我都不会改变对你的看法。茉，即使你变成人类，我仍然是你的朋友。我在这儿等你，在这个可怕的老旧的主世界等你，虽然我一点儿也不想来这个地方。康朝她伸出长长的黑色双臂。我不想让你继续做实验了，回家吧，别太看重记忆。

茉看着洛杉，拍了拍它油腻的鬃毛，看见它两排闪闪发光的肋骨之间那颗已经停跳的巨大心脏。

妈妈妈妈,一样的。僵尸马洛杉说道。

你是对的,宝贝。我们是一样的,康和我,还有芬,你和格伦普,还有那艘船,我们的家。我真不知道你这么聪明。你才出生不久,或者刚死了不久。不论是什么,无所谓,或者对你来说生与死没什么不同。

洛杉眨着它白色而混浊的眼睛。脑子。

我要爬下去了。茉跟康说。

康摇了摇黑色脑袋,朝石墙伸出细长的黑色手指。

一块砖不见了。

他把手指稍微抬高。

另一块砖也消失了。

向混沌之神致敬!茉说。此时,康的脑海里出现一幅画面:金色的胸甲在末地朦胧的夜色中熠熠发光,那是茉的微笑。

她朝着窗台抬起手。不论有没有变成人类,她的手指周围都跳动着紫色火花,虽然比以前微弱、苍白,但依然在。

石头发出微光,在咝咝声中凭空消失了。茉又伸出胳膊,抹去了另一堵墙。

愿混沌之神赐福于你。康说道,他周围的城堡也不见了。

一块砖接着一块砖,在一个末影人和一个人类的控制下消失不见,直到墙上出现一条可供他们上下的楼梯。茉往下走,康往上迎,护城河上的火把发出金色光芒。贾克斯的房子在他们身旁完全打开。当你对世界敞开心扉,所有新奇的事都有可能发生,然而当你把自己封闭在秩序之墙后面,一

我的世界：末地

切都死气沉沉。一个末影人拯救了一个人类女孩和她的僵尸马如此新奇的事情，就是伟大的混沌之神的愿望。茉知道这件事情是正确的，不论是否变成人类，她都坚信这一点。

在她无限大的口袋里，龙蛋发出冷冷的光。

康一把抓住茉的手。

我不需要你营救，你明白的。她说。我本来就可以随时离开。

康尴尬地耸耸肩。好吧，这种想法也算对吧。能不能告诉芬是我救了你，而且非常英勇？

茉在两人的脑海里大笑起来。康，当然可以。

快点儿。康说。我感应到了最近的传送门，还感应到末影之眼。我们一定要动作迅速，天快亮了。我们就要瞬移了，这是最容易的，准备好了吗？

茉后退一步，愣住了。康还以为她跟以前一样，却没想到人类是不能瞬移的。茉还没来得及告诉他，这件事实在说不出口，因为康根本不能理解。一旦康知道了茉在童年时代一直利用末影珍珠走遍整个末地，也就是利用某个末影人的心脏，他必会痛心不已。茉无法想象，康看到她意念里那串枯萎暗淡的末影珍珠会怎么想。

出什么事了？

没事。嗯……洛杉没办法瞬移。所以，真麻烦。

哦，好吧。

洛杉喉咙里咕噜咕噜响，嘴上吹出一个大泡泡，然后破灭了。但它没有嘶鸣,僵尸马偶尔知道该识趣地保持安静。

妈妈。它呼哧呼哧喘着粗气。跳我背上。

康有些犹豫,因为马背上长满了烂疮和霉斑,可如果要赶很长一段路,骑马肯定比步行快多了。

茉跳上马背。马背有点儿湿,有点儿冷,还黏糊糊的。可洛杉还小,所以茉也就不挑剔了。她把康拉上来坐在她身后。

是我救了你。他生气地说。我应该坐前头。

这是我的马,我有优先权挑位子。茉说。侧面出口和矿车后部。

你说什么?康疑惑地问道。

我……我不知道。我怎么会想到如此奇怪的东西,我也不知道它们打哪儿来的。矿车是什么?

我怎么知道?是你说的。

茉在黑暗中打了个冷战。月亮从一朵云后冒出来,照亮了洛杉绿色的鬃毛。洛杉从贾克斯的豪宅出发往山坡方向跑去,身后留下一排蹄印。然而,茉和康却没有回头看一眼。

他们已经走了一个半小时。康的双膝夹紧马腹,虽然僵尸马眯起眼睛发出低低的嘶鸣,但还是听话地站住了。康不是它的妈妈,不应该给它下命令,它听话的原因是末影人的脑子看着很可口。

到了。他说。就在这儿,在地下很深的地方,我能感应到传送门。

康指了一条捷径,那个区域一侧有个沙丘,另一侧是高

我的世界：末地

耸的悬崖，周围遍布茂密的树林。茉看不见任何山洞或者地下通道，但她信任康，康说在哪儿，就肯定在哪儿。

月亮暗淡下去，然后消失了。在他们身后很远的地方传来轰隆隆的雷声。茉和康听见滴滴答答的雨点落下来。

天哪，不好！康恐惧地说。完了，完了，完了！

悬崖！茉急匆匆地说。躲到下面去，空间应该够。草把边缘都盖住了，就像个山洞。你肯定没事的。

洛杉向悬崖飞奔。末影人不能淋雨，对他们而言，雨水意味着死亡。康的呼吸越来越急促，喘息声越来越急促。他用意念瞬移离开臭烘烘的马背，出现在悬崖下面的沙砾小道上，洛杉跟在他身后全速疾驰。

第一滴雨点落下来。

茉下了马，站在草地上，这里刚好在悬崖覆盖的安全范围之外。滂沱大雨倾盆而下，泼洒在她温暖的人类皮肤上。雨越下越大，让人目瞪口呆。雨水不能伤害她，这太神奇了。臭氧在空气中爆裂，风中流动着新鲜绿色植物的气味，雷声让人倍感刺激。她胳膊上的汗毛根根直立，但她没有受伤。

雨水当然不能伤害茉。茉尽力举起双手，像要展翅飞翔，一头扎进暴风骤雨的天空看个究竟。因雨水杀死枢纽产生的所有恐惧，所有悲伤，所有憎恨都被冲刷得一干二净。悲剧不会再重演。不论她的父母是谁，活着或是死了，不是雨水夺走了他们。雨水就是水而已，又凉又湿又甜。她大笑着在雨里旋转着，雨水不代表死亡，这太棒了。

可是，紧接着她再也笑不出来了。

康站在小小的悬崖下面，痛苦地望着她，浑身颤抖，恐惧地被困在那儿。雨水顺着遮盖流下来，汇聚到一个越来越大的坑里，只要一个脚指头踩进坑里，康就会消失得无影无踪，像其他千万个末影人一样，只留下一串末影珍珠。末影人和人类只能无助地站着，然后永远天各一方。那一刻，他们再也不能欺骗自己了，这一切无法改变。茉不能瞬移，康也不能在主世界生存。他们以为仍然跟以前一样，但康和茉是完全不同的，永远不同。

雨停了我们马上就走。茉手足无措地说。我把你带到大本营去。

康什么都没说，抬头望着天空。过了一会儿，他拿出音符盒，放在泥泞的地上弹奏起来。乐声响彻田野和夜空，忧伤、甜蜜又奇特。这是末地音乐第一次回荡在主世界。

妈妈。洛杉嘟囔着，雨水穿过它身上的洞落在泥地上。下雨雨雨了。

是的，宝贝。茉回答，这美味又让人开心的暴风雨把她从头到脚淋个透。确实下雨了，不是吗？

第十六章

在夜幕笼罩下

"我来把这个弄好。"劳瑞说。夜晚的末地虚空在她身后张开恐怖的大嘴。杰斯规划的城市草图已初具规模:"船上这些书我数了一下有几百本吧,你们一本都没看过?"

芬耸了耸肩:"我说过,这些是附魔书,全都被一种无法破解的高阶魔法封住了。我不知道怎么打开,明白吧?"

"用砂轮。"劳瑞脱口而出。

"用砂轮。"杰斯异口同声。

"用砂轮。"格尔说。

"好吧,"芬说,"你们都比我聪明得多,不像我和茉还没试过。你们知道的,我们不知道怎么做,我们已经尽力了,不是我们的错。末影人没教过我们,没有人教,我怎么知道如何打开这些书呢?"

其他人尴尬地换了个话题。没人告诉这个可怜的孩子，他们也不是从学校学到的，也没有操作指导。或许主世界的日子更艰难，所以必须自己快速解决难题。这个孩子将面对的白天和夜晚，不论哪一个，都更加艰难。

"你不知道书的内容，为什么收藏这么多呢？"格尔问。

芬紧紧托着下巴，他不喜欢回答怎么消磨时间这种问题，尤其对陌生人，这是他的私事。"我喜欢收集东西，我喜欢物资充盈的感觉，最好各处都满当当的，足以应对各种可能的危机。我希望生命终结时身边满是物资，那说明世道没有糟糕到我不得不消耗掉所有的东西，这就是我的安全感。书的内容是什么无所谓，无法解除附魔也没关系。事实上，假如收集的东西足够多，迟早会遇到能解开附魔书的东西，相信伟大的混沌之神会赐给我的。"

"我认为伟大的混沌之神的法力还没这些书上的大。"杰斯挖苦他。芬说得很坦然，但是杰斯不喜欢这些说辞，因为混沌会让她惴惴不安，井然有序才能让事情顺利进行，"书籍可是非常秩序化的东西。"

芬张开嘴正要进一步阐述他以前同胞的宗教哲学观点，却被劳瑞打断了："你从哪儿找到这么多书？我从没在正规图书馆以外的地方见过这么多书，肯定花了好几年才收集到的吧？"

芬望向外面的夜色，当他思考这些问题时眼睛缓慢地眨着。那些回忆让他感觉很怪异，大脑不自觉走了神。芬尽力

我的世界：末地

去想这些书，但他又不愿去想，虽然他真的想把思维拽到这些书上，忆起它们从哪儿来的，可真让人头疼。"你明白，我完全不记得在哪儿弄到这些书，太奇怪了。还记得那天我发现一双寒冰行者靴，一支忠心三叉戟，以及后来做'爆米花'的胸甲，那天康发现了他的音符盒，可我就是不记得找到哪怕一本书，一本都没有，一次都没有，现在却有几百本。难道我不应该记得其中一本书的来历吗？但真的没有，它们好像……本来就在那儿了，一开始就在那儿。我们在外岛找到第一把剑之前，船上就满是书了。"

劳瑞的眼睛亮了："听起来是条线索！"

"老天，劳瑞，你个笨蛋！"格尔双手叉腰取笑她，"警长劳瑞，小侦探！这听起来是条线索！"

"格尔，闭嘴！"劳瑞又亲切地对芬说，"末地船通常有潜影贝和几个宝藏箱子，并没有堆积如山打不开的书。这很反常！你在末地其他地方见过几本书呢？这儿可不是书城！末影人可不是严肃博学的学者！我们不知道你的真实身份，也不知道你怎么来到这儿的。芬，这是你说的第一个听起来可能是——不许偷笑，格尔！——线索的信息。这是一条通向答案的道路，你开心吗？嗯，认真想想吧。"

"如果你想帮他找到答案，我给你做个放大镜，还有一顶傻里傻气的帽子。"格尔放声大笑。

劳瑞举手表示投降。"芬，弄清楚一个人类如何伪装成末影人，而且完全把自己的一切忘得一干二净，可不是装装酷那么简单。不仅是我自己，我们几个人都必须弄清楚。因为这种事发生在你身上，也可能发生在我们身上，我可不想被困在这个地方徒劳地兜圈子，在异国他乡把潜影贝当最好的朋友。这本书好像是在说某种东西的做法，我们只能解除书上的附魔，至于里边写的什么我就拿不准了，可能……就是怎么做饼干而已。我们希望贾克斯和茉能带着有价值的东西回来，这样我们就能找到答案了，这是最大的赌注。"

"那……你有砂轮吗？"杰斯问芬。

"嗯，本来有，但被指挥官克赖、下士穆鲁和上尉塔玛抢走了。我猜它们在泰洛斯城和其他物资一起放在军械库了吧。"

劳瑞沉吟着说："泰洛斯城很大，是我见过的最大的末地城。我们穿越过来的时候专门建了一片很大的场地。虽然用处不太大，但可以把它当成地标，方便我们快速进出。"

"别痴心妄想了。"芬说道，"你们以为行踪隐秘，是因为你们还在这儿晃荡。你们哪里知道，末地早就等你们自投罗网呢。就在昨天，所有末影人集合起来打算跟你们战斗到底，而且他们都全副武装。他们还没找到这里，可能是因为还没想到搜查我和茉的家，也没人知道你们在这儿。可他们应该很快就来了。一定会有人来，来找康，找我们。应该是克赖或者卡申，早晚的事，他们想知道我们的行踪，最起码他们得通知我们财产不会退还了。"

"没那么严重。"杰斯尽力安抚他。

"我不清楚具体情况，但完全有可能。"芬嘟囔着。

我的世界：末地

格尔难以置信地翻了个白眼："一场战争？针对我们？我们才四个人而已。"

"话虽如此，可末影人不知道啊。他们只知道你们打开了传送门，就以为……是人类大举侵略。"

杰斯朝芬皱起眉头："人类侵略？"

"没错，就是人类侵略。他们还一门心思等着……敌人现身呢。我之前可告诉过你们了。怎么，问题很严重吗？我以为你和贾克斯喜欢战斗，喜欢杀戮呢。"

"嗯，一场战斗，一场四个人对决上万人的战斗。"格尔嘀咕着。

芬大笑起来。本来他不想笑，他本意也不是想嘲笑他们，但突然觉得非常滑稽。最近几天的压力、痛苦和恐惧，全都化成一场突如其来的狂笑。

"你们甚至——"他在狂笑间隙换了口气，"你们甚至完全不了解他们怎么对付人类。末影人非常惧怕高大又凶猛的人类军队。克赖他们为了得到战时物资，跟穷凶极恶的人类对抗，把末地搜刮个底朝天。你们原来只是——只是一群来度假的游客而已！搭建沙堡，猎捕野生动物，然后欢天喜地回家，跟朋友吹嘘你们遭遇的惊险历程。带回些纪念品！写明信片！观光宏伟的末地城！饱览这里的众多知名地标！骑一下末影龙！把潜影贝敲着玩！希望常来这里！"芬笑得喘不过气来，只好坐下，"末影人还以为你们是世界上最恐怖的生物！"但是，紧接着他想到贾克斯，想到末影龙，想到自从人类踏足这里，他的小小世界便全面崩塌。他对世界的认知毁于一旦，其他末影人对世界的认知却还是原样。在这场与人类的战争中，他和茉是仅有的受害者。

"我不明白，"他轻声说，"可能你们真是最恐怖的生物。"

"游客又怎么了？"格尔生气地大吼，"你难道就没兴致盎然地去别的傻乎乎的地方，看那里傻乎乎的树木、傻乎乎的城市和奇傻无比的景点吗？你应该试试身为游客的感觉，非常有趣、很好玩，完全不无聊。旅行让你更强大、更智慧、更机灵，让你晚上躺在床上做很多美梦。他们没有妨碍别人，只是度假而已，你们没必要集结一支军队吧？"

"贾克斯想干掉末影龙！此种行为会严重伤害末影龙！因为它是我的朋友！"芬停住了，一侧脸颊在抽动，"好吧，它不是我的朋友，但它也不是主动攻击我的敌人。这没什么不同！"

格尔低头看着脚尖。"好吧，你说得对。"他承认，"可贾克斯不在这儿，你那个'不主动攻击的敌人'暂时还好好的。"

"我们能在克赖眼皮底下进出泰洛斯城，做到神不知鬼不觉。"劳瑞说，她假装对刚才芬和格尔的冲突视而不见，"你忘了我们是有备而来的吗？我们带着南瓜。这些年来，就像你俩一样，我们在末地自由进出，如入无人之境，谁都没发现，就像末影人从未发现你们一样。实际上，我们在这儿想做什么就做什么，也没被抓住过，最后都是顺顺当当脱身。末影人也能去主世界为所欲为。皆大欢喜。"

"末影龙除外，我决不容忍贾克斯这么干。"芬异常严肃

我的世界：末地

地说，口气生硬，就像几小时前刚开始用嘴说话一样。

"那我们只能——"格尔正要说，但他停下了。

"你只能等贾克斯回来和他好好谈谈了，"杰斯避开大家的目光，"那就不是我们的事了。"

"可是，泰洛斯！"劳瑞黑色的瞳仁闪耀着激动的光芒，"泰洛斯城就是我们的目标。这是个超难度间谍任务。我们潜进去偷出你的宝贝，然后在夜色掩护下神不知鬼不觉溜出来。唯有如此，别无他法。即使被你那些士兵朋友发现了，也会以为我们像他们一样正在演习，对不对？"

"我猜……有可能吧。"芬说。

"一旦找到砂轮，我们就能很快解除书上的附魔，"杰斯安抚他，"绝对没问题，这种事我干过无数次了。"

劳瑞点点头："或许书里的某些内容能帮你回想起自己的身份。或许魔咒能让你恢复隐藏的记忆，或许魔咒能治愈你。只要几小时你就能知道自己身上发生的一切，难道不让人激动万分？"

芬想到了茉，她在哪儿？芬痛恨自己对此一无所知。如果她平安无事，那她在做什么？自己能否在茉不在旁边的情况下正确做决定？"我猜是吧。"他说道。他其实一点儿也不激动，他感觉到心中有一团巨大的恐惧。

"嘿，你永远也预料不到，或许你会发现比当卧底人类还要惊人的事情！"格尔兴高采烈地说。

芬觉得很不舒服。茉，快回来吧！和我一起对付这些人类吧！团队作战总比单打独斗更有力量。你到底在哪儿？

"芬，我跟你一起去。"杰斯友善地说，"我个子最高，还拥有最好的武器。如果我们几个一起出现，对方肯定会怀疑，四个陌生末影人到处瞎溜达看起来就鬼鬼祟祟的。劳瑞和格尔留下继续建造，我们可不想延误工期。"

芬点了点头，他该做些事情了。站在他周围的这些人，以及说的这些话让他很难受。过去，他整天都在爬山或者在岛屿间逡巡，对世界毫不关注。现在他却被困在这里，跟陌生人掰扯奇怪的事情，没有格伦普，没有茉，没有康，没有紫色"爆米花"，除了这些人，什么都没有。我真的想知道真相吗？他问自己。或许我应该和茉一起去主世界，像人类一样开始新生活，不问任何问题，不探察任何真相，不从任何一个人类的嘴里得到情报。不行，根本做不到！芬不能像没事人一样回到从前。假如他和茉都是人类，他俩就不是一无所有，不是无根的浮萍，肯定在某个地方有家，有同胞，有属于他们的地方，所以寻找真相是值得的，很值得。

我不能走回头路，只能重新开始。不论哪条路，他都必须知道自己的真实身份，知道自己身上发生的事情。即使这些事情很可怕。如果这些事情特别可怕，就更应该弄个清楚。

芬挺直肩膀，蓝色的眼睛在黑夜中闪闪发光。"好吧，杰斯，我们走。"

第十七章

欢迎参加与末影龙的谈判

康、茉和洛杉连滚带爬地通过传送门。穿越的瞬间，灰色的要塞石和地下的火把全都天旋地转，上下颠倒。这使得他们脸朝下摔在地上，只能手脚并用爬过末影龙的中央岛屿尖利的沙砾地面。茉浑身湿透了，为了安全，康跟她拉开一点点距离。他们能听见上方那条黑色大家伙震耳欲聋的咆哮声，每次它向黑暗中喷火，大地都会战栗。即使看不见，他们也能感觉到那种震撼。

茉向外张望着末地黑色的天空，摸索着手指下面的岩石。她只离开了……什么？八九个小时？还是半天呢？或者更久？或者更短的时间？她一无所知。在末地永远不需要辨别时间，她没办法估计精确时长。然而，过去多少时间都无所谓，反正她感觉就像过去了一个多世纪。自从她见过太阳，一切都变了，一切看起来再也不一样了。现在末地显得特别小，在她看来一切如此陌生。

康在描述他们刚通过的那个传送门时，做了个苦相。灰绿色门框上装着十二只毫无生机的末影之眼，它们很坚硬。刚看见它们时，茉感觉不舒服，洛杉却觉得很漂亮，是它见过的珠宝中最美的，甚至还想吃一只试试。洛杉望着茉希望得到准许，它太饿了，它总是这么饿。茉点点头应允了。

洛杉高兴得长嘶起来，然后在他们穿过传送门时猛啃那些末影之眼。它使出浑身力气大吃特吃，一边咬，一边掉，像压碎气泡那样挤破末影之眼，先舔进嘴里，再咬个粉碎，大快朵颐，细细品味。那些末影之眼像糖块一样在洛杉的黄色牙齿间变成碎末。

茉知道如果没有末影之眼，贾克斯是无法穿过传送门的。他不得不建立另一个要塞，才可以追踪他们。因此，康、茉和洛杉在末地顺利地重新团聚后，暂时不用担心遭到追击。

妈妈妈妈妈妈。洛杉满意地哼哼唧唧，它长着水疱的嘴唇吸溜着一只充血的眼球，像吃意大利面似的。血血血血管。

好吃吧？茉一边说，一边强忍着呕吐的感觉。她不记得自己有母亲，可茉觉得为人父母对孩子的口味不能嫌弃，这很重要。婴儿正在进食，这很重要。

康不寒而栗。他小心翼翼轻手轻脚地拍了拍洛杉，这些牙齿可不是玩具。洛杉身体僵住了，自打它出生的这十六个小时以来，除了茉还没人拍过它。洛杉放下嚼了一半的食物，

我的世界：末地

虽然康的手冰冷坚硬又沉重，可对一匹僵尸马来说这感觉真的很奇妙。洛杉知道，除了茉以外的那些人，不仅是坏蛋，还做坏事，但这个末影人好像可以接受。

他不是坏人。茉说。

谁？

贾克斯。我认为他就是跟我们一样的孩子。他喜欢打斗，喜欢抢东西，喜欢随心所欲做自己的事情。

他还喜欢杀戮。康更正道。他想杀了末影龙。

我知道那很坏，可他把胸甲还给我了。克赖也喜欢杀戮，还偷我的东西。而且，克赖可不是个孩子。

你喜欢他？

不是。茉叹了口气。现在，我喜欢任何能帮我厘清这些疯狂事情的人。他是我认识的四个人类的其中之一，要是把芬算进来是五个人类。至少贾克斯没有伤害我，如果我以前认识的末影人知道我的身份，他们决不会手下留情，你知道他们肯定下得了手。

茉的绿眼睛蓄满泪水，她想起露普的脸，上面写满了扭曲、暴怒与残忍。露普，那个曾经问她需不需要枢纽的末影人。茉不想让任何人把自己当孤儿，永远都不想，而茉现在需要枢纽，可她从没明说。

康用胳膊环抱着他的朋友，作为心脏的末影珍珠跳动得非常快，像所有人类男孩一样。

我有个主意。他说。

投降，然后永远把我和我的马藏起来吗？

不是的。茉，某个地方的某些人肯定知道我们的真相，你和芬的身世，还有为什么我……是这个样子的。宇宙中没有真正的谁都不知道的秘密。现在，让我们揭开谜底吧。我们知道什么呢？我们知道的真的不多。

我和芬是人类。

因此，你们是从主世界来的。

当然，非常合乎逻辑。末影人来自末地，雨点从天上落下，人类来自主世界。啊！所以，我们要想下到末地必须有几个关键点：戴上南瓜，通过传送门。贾克斯说过，这是人类在主世界和末地之间自由穿梭的唯一途径。

没错。你们待在末地很久了，你和芬还有我，都有一起长大的记忆。而且，你的南瓜已经不新鲜了。

茉看着自己的指甲。刚有指甲的时候感觉太奇怪了。我们知道你和其他末影人一点儿都不像。她说道。你的眼睛是绿色的，你会弹奏音乐。你落单的时候，在任何情况下都不会变笨，变暴躁，变傻。可你没戴着南瓜，你不是人类。

康叹了口气。我觉得你的谜团更简单。我希望这些事情没有发生过。相信我，我从没考虑太多。有时候，我倒希望自己是个戴着南瓜的人类，可我们只能面对现实。至少，我们还能从头捋一下你的事情，而我只能当个……怪胎，一个绿眼睛怪胎。

康，别那么说。

我的世界：末地

是真的。

茉抚摩着他的脸颊，康的皮肤摸起来像湿乎乎的墨水，虽然是干燥的。假如你是个绿眼睛男孩，我就是绿眼睛女孩。茉说。我们的眼睛刚好一模一样。如果你是怪胎，那我也是，我们组成怪胎俱乐部，双人组合。

他们的脸离得很近，几乎要亲上了。

你的意思是三人组吧。康局促不安地说。还有芬。

是的。茉说道，她有些尴尬。她平生头一次觉得不用意念沟通也挺好。当然，我们三个，芬也是一分子。

康的末影珍珠在胸前颤抖着。为什么他要把芬拉进来？他真是个傻子。这个念头转瞬即逝。意念让他无法对其他人隐藏真实想法，尤其对生命中最重要的女孩。他尽力隐藏对她的真心话，可茉总能知道。你无法摆出一张毫无表情的脸，你得换个话题，只能这么做。因此，假如你们通过几个关键节点来到末地，有些人就会看到。当贾克斯把传送门打开时，所有末影人都知道，而且立刻就知道了。也就是说，假如你们通过传送门，他们也会知道的。

茉顺着康的话继续推理。谁的年纪够老，记得很久以前有两个人类穿越传送门过来呢？只有克赖，显而易见。

曾经我一度怀疑他想用讲故事跟我们拉近关系。现在，他不再是以前的克赖，他是指挥官克赖。这个"指挥官"让一切都变了样。他总是居高临下来俯视你，让你对他绝对服从，说是为了我们好。这时，他们头顶响起震耳欲聋的咆哮声,这声音穿透大气层直抵他们脑海。

茉的脑子灵光一现。末影龙?是末影龙吗?

没有谁比末影龙岁数大。

在末地,没有任何人比末影龙更严肃。它可不会告诉我们鞋子是什么颜色。没错,我有鞋子,我正穿着呢,你看见我的鞋子了吗?

我看见你穿着鞋子啦。康说道。这鞋子也太吓人了。我想,你说的是末影龙告诉了你,去哪儿可以找僵尸马的蛋,是吗?

没错。最严厉的人偶尔也会和善一下。你不会总是讨厌他们,因为他们很久很久才会对你好一次,于是他们一直伤害你,你却还痴痴地等着他们有一天再次对你好。还不如希望末影龙把我吃了呢!

脑子!洛杉听了很开心。

康眯了眯眼睛。我们和它谈谈吧,今天应该是个好日子。康站起身来,顺着岩石往上爬,越过岛屿的裂谷来到末影龙居住的大平原。

康,等等!茉一把抓住他。我不能出现在这里。这时,末影龙再一次俯冲下来。你知道的,我不能出现在这里。

为什么?

茉放声大笑,指着自己的脸,康到现在都不习惯看着它。没有南瓜,我看起来就是个不折不扣的人类。你见过哪个岛上没有末影人吗?他们会发现我,并且杀了我。他们根本不

我的世界：末地

知道自己杀的就是那个可怜的孤儿茉。

好吧，那我们直接瞬移到黑曜石柱顶上，很容易。在那儿没人发现我们。

茉的脸色变得苍白。我……我也没办法做到。

什么？你肯定可以，我见过你无数次到处瞬移了。

茉痛苦地坐下，她连康的眼睛都不敢看，目光躲躲闪闪。一旦她动了意念，真相马上就会暴露。

这样……他说道。嗯，嗯，这样……康支支吾吾，眼睛看向远处。

对茉来说，康慌乱地把视线移到别处才是最尴尬的事。茉的情绪仍深陷在她生命中最黑暗的时光中。太傻了，我真是太傻了，早应该想到这些的。真的是……这么多事情需要习惯，每件事都要慢慢习惯。

可康想知道的是，那个末影人究竟是谁。这么长时间以来，是谁的心脏、大脑和灵魂被茉当成了交通工具？茉对此极为悔恨，可她也是无辜的。茉甚至根本不记得伤害过一个末影人，还夺走了他的末影珍珠。那个茉跟现在、眼前这个茉不是同一个人，那是康从来没遇到的另一个女孩。

你应该是对的。康马上回应她。他又想到：面前这个茉是我的朋友，当我的枢纽毁了我的音符盒以后，她给了我一个新的。每次我从家里逃出来，都是她收留并且款待我。她就像爱自己孩子一样爱着一匹僵尸马。她永远不会伤害同胞，不管茉做过什么，我就当不知道。向伟大的混沌之神致敬，对吧？这些乱糟糟的事情本来就是正常的，我一直效忠伟大的混沌之神，为什么现在要违背初衷？康抬起头，望着末影龙藏身的洞穴。或许，伟大的混沌之神用另外一种方式告诉我们，生命是疯狂的，你不妨也疯狂一把？

康把意念投放到洛杉的脑海中，看见了无穷无尽的墓地，奇怪的树木和病态的月亮。他看见了洛杉早期意念中的墓碑，现在它们已经换成新的了。一个上面写着：**美味可口的眼球**；一个写着：**大傻瓜**；一个写着：**妈妈的朋友**。

在这儿乖乖等我们回来。康对着墓地说。我们回来前哪儿都不许去，一步都不能动。

待着不动。洛杉嘶鸣着。

很好。康说道。好了，茉，抱紧我好吗？咱们要瞬移过去了。

茉犹豫了一下。她想起了人类贾克斯，他一点儿都不关心她的想法，不关心她想要什么，而末影人康却对她关怀备至，即使现在心里对她还有一点点抗拒，这意味着什么呢？这很重要吗？她深深吸了口气，步入末影人张开的怀抱。

在比一次呼吸还短的时间里，两人已经站在一根黑曜石柱的顶端。他们身边的银色灯笼里，水晶火苗在噼啪地跳动着。在离他们很远的岛屿的另一边，末影龙在夜色中拍打着它庞大的深紫色双翼，向他们呼啸而来。

末影龙冲着东岸的黑曜石柱飞来，掠过柱子边缘。它不停歇地盘旋飞翔才不会被几个小家伙干扰。茉和康屏住呼吸，

我的世界：末地

末影龙从他们左侧滑翔过去——然后转过头。末影龙的眼睛直直地注视着茉，看着她的绿眼睛，看着她黑色头发下面的人类面孔。

末影龙放声大笑。

它的笑声好像山顶崩塌的巨石滚落到满是火焰的湖里，好像同时有几百人一起长啸，好像恒星毁灭。末影龙的意念在他俩的脑海中轰然爆炸。

又一次准备好了，是吗？

什么？茉问道，她被这个巨型家伙强大的意念裹挟住了。

你这个去掉南瓜的灵长类动物的脸让我太可乐了。没想到这么快就能见到你。他们的脑海中再次回荡着末影龙穿越远古的笑声。干得漂亮，太阳之子，真是干净利落。另一个呢？他也……暴露了吗？

芬吗？我让他待在船上。他没事，很安全。

你知道是吗？康脱口而出。你一直都知道他们是人类？

末影龙哈哈大笑起来，这声音好像穿过大地的一声炸雷。它巨大的眼睛合上了。我是世界尽头的永恒暗夜炎龙，是时间和死亡的主人，火之神不过是我最小的兄弟。我肚子里，银河系在宇宙的胃液里翻滚，然后消化成虚无。末影龙睁开巨大的紫色眼睛。你的南瓜可骗不了我，白痴！

你肯定记得！你肯定记得他们是什么时候来到这里的！

末影龙懒洋洋地拍打着双翼绕着柱子飞行。我当然记得。

康激动极了，他周围飘浮的紫色火花闪闪烁烁像萤火虫。

你肯定知道他们之前发生了什么。你也肯定知道他们为什么忘了一切。

末影龙在半空翻滚着,肚皮朝天飞行,甩着强有力的尾巴。我当然知道。

告诉我们!告诉她!康在他和末影龙的脑海里狂喊。

末影龙收起自己的爪子。不行。

为什么不行?茉向末影龙恳求着。我要知道我是谁?芬是谁?我们该怎么办?是要离开这里永远不回来吗?

我要是你,就这么做。末影龙沉吟道。

可这里是我们的家!而那个地方……按照贾克斯说的……在那里艰难困苦,孤立无援,任谁都想伤害你。你必须懂得很多知识,没人帮助你,也没人教你怎么做。任何事情都有规则,你必须每样都搞得清清楚楚,否则任何生物都能把你生吞活剥。你只能……靠自己,只有自己,没有末地。茉的双颊通红发烫,可她的意念却很平静。如果我们能找到两个南瓜,所有的一切都能回归从前那样。

你是在询问永恒暗夜炎龙的意见吗?末影龙一边说,一边再次上下翻飞,一圈圈地盘旋。

没错!我以前从不曾问你任何意见。实在……打搅了。你会不耐烦地走掉吗?

会的。康说道。它一定会走的。

很好,记住我的话,你这肉眼凡胎的小崽子!生命非常艰难,非常复杂,不论在主世界还是末地,不论是结束还是

我的世界：末地

开始。你必须自己做决定，不能依赖世界告诉你怎么做，否则你会无法思考。不管怎样，你必须走在一条道路上，你的选择决定了你的方向，你的行为决定了你的路该怎么走，你要像锻造一把铁剑似的创造生活。从某种程度上说，未来是不确定的。这一点很确定，而且无法逃避。现在你已经接近真相了。最后，最容易，最正确，最聪明的选择就是让我吃了你。

茉举起双手。好吧，如果这对一切有好处，你就吃吧。

末影龙耸了耸它布满鳞片的肩膀。你想跟我要建议，可我很自私，宇宙也是自私的，而且欲壑难填。末影龙转过身向他们直扑过来，然后停住了，只是盘旋在那儿，没有飞起来。我认识你很长时间了，阿尔蒂茉。最好让我吃了你。末影龙闷闷不乐地说。你总不让我吃你，太没意思了。

康黑色光滑的脸上惊愕地大张着嘴。阿尔蒂茉？谁是阿尔蒂茉？

末影龙根本不理他。还没明白吗？它问茉。

明白什么？

末影龙叹了口气。真可惜。

你的话让人摸不着头脑！康说道，眼神里全是深深的失落。

宇宙就是让人摸不着头脑，碎片，所以我跟它很契合。现在滚吧。你答应过的。让我独自待着，我还有很多事要准备呢。

等等！茉说，她微微发抖。末影龙如此巨大，大得不可思议，它一下子就能把她干掉。我得问你其他事，最后一个问题。她紧张地说，然后手伸进口袋里摸索起来。贾克斯这么干过，可她不愿意自己去试。她想不出来一个空荡荡的空间块、时间块是什么样子，可能会让她起鸡皮疙瘩或者很不愉快，确实如此。它冰冷、干燥、广阔，感觉是灰色的，如果灰色算是一种感觉的话。茉不喜欢这种感觉。她觉得手被很多不认识和不了解的东西摩擦着——然后，她的手指落在要找的东西上。

茉把龙蛋从口袋里拿出来，举着给末影龙看。

我有这个。她紧张地说。我有这个，那个人类男孩说……他说……

末影龙眼睛里熊熊燃烧起比恒星地心还滚烫的火光。发光的紫色火焰在它的瞳孔中爆燃。它呼吸急促起来，眼睛里只有这个硕大、光滑、紫黑色的蛋。

末影龙。茉说道，她不清楚这东西的来历，可她不得不问。我……我击败了你是吗？

随着一阵暴怒的咆哮声，末影龙迂回过来，冲他俩站的可怜的小柱子吐出一股浓烈沸腾的亮紫色岩浆。

火焰烧到柱子前，康和茉从站的地方消失了。

柱子上升起一股紫色火团，在他们走后很久还在熊熊燃烧。

第十八章

泰洛斯城

城里非常安静。

芬觉得以前的自己又回来了,高大、黝黑、强壮,有紫粉色眼睛和方形下巴。杰斯看起来也像个优秀的末影人。所有末影人看起来都很优秀。站在主观角度,芬一直坚定不移地认为末影人是最美丽的物种。

"步伐放轻松,"芬跟杰斯耳语道,"别说话,其他人就当你在意念沟通。"

他们站在末地城中心的边缘。街上,黑色的身影静悄悄地来回穿梭。在他们身后,芬和杰斯还能看见末地船隐隐约约飘浮在岛屿旁边。芬在心里把计划又重演一遍:怎么进去,进去之后拿上砂轮该怎么出去,然后回到船上。格尔和劳瑞在那边跟他们会合,没问题的。

杰斯为难地把头歪向一边:"可我没办法用意念沟通。"

"我就可以。"芬困惑地说道。

"太奇怪了,你不觉得吗?"

"不奇怪呀,因为你是人类。"

"芬,你也是人类呀。但是,你可以用意念跟茉和康沟通。假设这里所有末影人都有这个本事……而我和你现在没有区别,都是人类。人类在头上罩个南瓜,看起来就像末影人了。可我不是末影人,南瓜也没赋予我意念沟通的能力,但是你可以,为什么呢?区别到底在哪儿?"

芬烦恼地揉了揉眼睛:"杰斯,我以生命发誓我不知道。昨天我还想杀了所有人类,今天我就成了你们的一员。真是乱透了,咱们还是别说这个吧。"

"你能窥探我的意念吗?即使我无法看见你的,试试吧,可能有用。"

芬尝试了一下,没成功。他努力进入杰斯的意念。当他想了解一个陌生人,就会探究对方的灵魂概略图。茉的是一艘船,他自己的是一本本打开的书,康的是音乐,可妮卡的是家族。在杰斯的意识世界里,芬看见一座修建得美轮美奂的大教堂,华丽、高耸、繁复,每块石头的位置都很合适,建筑学结构精确完美,可大门紧闭。她是人类,不知道如何打开自己的意念让别人进入。这样的意识世界拒人于千里之外。

"不行。"芬说道。

"真糟糕。"杰斯回答。

我的世界：末地

"是啊。"

"军械库在哪儿？"

芬指了指最大最高的塔楼。它的紫色塔顶在最尖端分叉，好像紫颂果树的枝条。末地的建筑物看起来都很相像，但又不完全相同。看来，建造它们的人喜欢这类风格。建筑物跟树木和陆地很契合，看上去浑然一体，芬认为这对建筑师杰斯来说很有吸引力。

"第三层。那里有个像大蘑菇的院子，那儿有一扇门和几个潜影贝。"

"跟你的潜影贝差不多？"

"不一样，"芬笑了起来，"格伦普总说要咬我，它就说说而已，可这些潜影贝真的会咬人。"

杰斯拍了拍自己的腰间——她佩了一把很长的钻石剑，带着火焰附魔。这是芬见过的最不可思议的武器，如果挂在格伦普外壳上方就太棒了，它会让整个空间大放异彩。唉，可惜。他握了一下格尔那张弓的柄，这是格尔借给他的。克赖留下的东西完全不够他们自卫。

"抱紧我，咱们一起瞬移进去。"芬说着，同时伸出手。那串末影珍珠还好好地待在他无限大的人类口袋里。他是完全不清楚的，因为他从没想过作为人类男孩怎么能够瞬移。可不管怎样，末影珍珠就躺在口袋里，传递着每一分能量供芬使用。杰斯抓住他的手，接下来的事情他们很清楚，不一会儿他俩已经站在泰洛斯城军械库里了。

他们周围全是芬和茉的收藏品,芬看着它们双眼发直。虽然兄妹俩没有好好把他们的宝贝归类整理,可起码小心翼翼地对待每件东西。即使没有分门别类和归置整齐,但任何一件宝贝对他们来说也都很珍贵。可在这里,没人在意他们的东西,库房很大,芬和茉心爱的藏品被随意摆放,堆得杂乱无章,谁想拿什么就拿什么,走的时候却不好好清理。武器、盔甲、食物、矿石、药水……所有东西都扔到一起,成了一个摇摇欲坠随时可能崩塌的垃圾堆,在火把的照耀下闪闪发光。

芬从不知道他们到底收集了多少东西。末地士兵肯定在没能开战那次把所有武器都拿了回来,随时等待再次分发,难怪克赖一直霸占着不还。军械库的东西都是芬和茉的,如果不是他们,末地居民可能要用几根小棍子和恶狠狠的表情来保卫自己了。

杰斯刚要张嘴说话,芬赶快把手指放在唇边。他下意识做出这个动作太滑稽了。末影人从来不这么干,末地的宁静是很独特的,你不需要用嘴巴进行意念沟通,因此无论如何都不用"嘘"。芬以前从没见过别人做这个动作,这个他是记得的,无须多说。然而,他的手指自然而然地举起来,就像这个动作已经做过千百次似的,完全是下意识,习惯成自然。

杰斯指着另一样东西。那东西呈现暗淡的灰色,从堆积如山的靴子下露出来,是一个砂轮。

顺着杰斯的指引,芬无声地滑过房间,他的胸口有点儿

我的世界：末地

喘。太好了，芬可以像个末影人那样行动了，一切都很轻松。你们会吗？不是真的滑动，而是双脚快速挪动，看起来像滑动而已，而且是下意识，习惯成自然。芬在靴子堆旁边停住了，他抓住砂轮，从靴子山下尽量轻手轻脚地把砂轮抽出来。

向伟大的混沌之神致敬，指挥官克赖。

愿伟大的混沌之神赐福于你的努力，下士穆鲁。

芬向门口猛然转过身，迅速瞥了杰斯一眼。她还站在军械库中间的开阔地带，没有任何隐蔽。

藏起来！芬说道。他们来了！克赖和穆鲁就在门外！

杰斯莫名其妙地眨着眼睛，摊开双手："你说什么？"

原来，杰斯根本听不见芬的话。唉！人类！意念沟通比说话好太多了！

于是，芬用眼神跟她沟通，先瞪一下杰斯，再用力瞪一下门口，然后挥着手臂做出把她往回推的动作。杰斯明白他的意思了。她急忙猫下腰藏在一堆水桶和铲子后面。这时，两名神态严肃，身板挺直的士兵走进军械库。芬看到其中一名士兵时无比震惊，因为她是末地之穹的碎片可妮卡。她的眼睛……看起来空洞无神，非常可怕。他们身后跟着很多末影人，克赖的智库团队不再是十五人，现在达到了五十九人之多。克赖只跟穆鲁说话，其他人的作用就是使克赖更聪明，他们仅仅是活着并保持呼吸。

你可以向我汇报了，下士穆鲁。克赖双手反背在身后，他看起来比任何时候都年轻。芬猜想，是末地的力量让他充满活力。

阁下,传送门不见了。

克赖仁慈的目光从他紫粉色的眼角注视着下属。然而,在仁慈的目光后面,芬感觉到这个末影人怒火的威胁。

是陛下,穆鲁,不是阁下,现在要称呼我为陛下。

当然,陛下,遵命!

伟大的混沌之神代言人授予了我皇家头衔。

下士穆鲁斜眼看着他,局促不安。因为人类没有侵略我们,所以艾尔莎解散军队,把所有人都遣散回家。她被您扔下悬崖后,我以为这些头衔是您自己授予的。

指挥官克赖锐利的眼神像锥子一样刺向穆鲁的眼睛。你从哪儿听到这些彻头彻尾的诽谤?!他大发雷霆,无比震怒。

那件事发生几小时后,有……有些……末地士兵传来传去。就这样,陛下。

万民之王威严地高高耸立,俯视着那可怜的士兵。根本没有这回事!艾尔莎在她的房子里舒舒服服歇着呢。正是她推选我承担这个光荣的职责。我是所有末影人里最谦虚的。穆鲁,你明白的。

我的主人,本人对此感到深深的抱歉。下士穆鲁局促不安地颤抖着。嗯,无论如何,传送门不见了,陛下。

它关闭了吗?

不,陛下,是不见了,你感应到了吗?

当然,我感应到了!你以为我是个没头脑的虚弱老家伙

我的世界：末地

吗？克赖爆发了。

不是的！陛下！穆鲁战战兢兢地说。

芬的膝盖很痛，被成堆的靴子硌着。靴子堆得很松，不稳固。芬努力控制着全身纹丝不动，如果他有任何动静，克赖和他的手下马上就会听见。

克赖调整一下情绪。人类是狡猾多端，鬼鬼祟祟的间谍。他们简直就像布下罗网的蜘蛛狡诈无比。

没错，陛下。穆鲁哆嗦着回答。我们要不要把这些东西归还给那两个末地碎片呢？传送门已经消失了，再也没有战争了。

克赖满腹狐疑地看着他的下属。还回去？为什么？我需要这些东西，全都要。说不定哪天我们又用得着它们了。穆鲁，人类不会轻易放弃他们的野心，永远不会！原因很简单，他们已经来了，成千上万的人类已经抵达末地，随时会出现在我们周围。天哪，他们说不定已经潜入了泰洛斯城，就在这座塔楼里，甚至就在军械库里。我们没办法感应到传送门是因为他们到达后关闭了传送门，他们就没打算回去。人类没有同情心，他们会顽抗到底。只有残忍没良心的人类才会策划这么残酷的战略。

残酷又深谋远虑的人类在内心造成的恐惧险些压垮下士穆鲁。您是怎么知道的，陛下？您得到消息了吗？

我怎么知道的？因为我冥想了很长时间，我动用自己优秀的家族智库的力量进行合理推断，得出符合逻辑的结论。

对我来说,这是显而易见的结果。我是有史以来最聪明的末影人。算上我的末地一起——克赖向身后跟着的智库团队做了个手势——没有人的智慧能超越我,下士穆鲁,一个都没有。这种智慧是铸就我们强大军队不可或缺的力量。这是不可否认的。

我们该怎么办呢,陛下?

芬的腿长时间尽力保持相同的姿势。他一直抓着砂轮的柄,用脚顶住靴子以免它们滑到地板上,现在他快支撑不住了。

当然,我会尽全力保护我的子民。不要恐惧,南瓜只是一种植物,既然是植物……就会被打碎。克赖说话时脸上浮起阴森的笑容。每个人都必须被审讯,一个接一个。这么做让我很难过,但很必要。我愿意做出这个伟大的牺牲,把破坏分子的真面目揭开,给予严厉惩罚。我们以前太过草率和仁慈了,必须以儆效尤!这样一来,主世界的人类都知道在克赖王国作为侵略者和掠夺者的下场了。最后,末地将再次回归伟大的和平时代。

这时,意外发生了。芬再也无法静悄悄地保持姿势。他的右脚只要稍微挪动,就可以踩在平坦的地面,他就不用僵直不动,感觉会舒服多了。他可以神不知鬼不觉地移一下,只消一厘米,就能减轻身体负担。于是,芬慢慢动了一下脚。

突然,被他的脚后跟压住的一双靴子松动了,从靴子堆上往下滑。要命的是,靴子还带着坚硬的金属鞋底。芬恐惧地看着它下滑,他还记得这双靴子是很多年前他和茉一起在

我的世界：末地

外岛找到的。靴子带着中等强度的防爆保护附魔，总而言之，是一双非常好的靴子。靴子哐当一声掉在地上，芬眼睁睁看着毫无办法，好像这事发生在别人身上似的。就像慢镜头一样，一时间芬僵住了。

几乎同时，一声巨响贯穿整个房间，恰好掩盖住靴子掉在地板上的动静。克赖、穆鲁和其他五十八个士兵的注意力全被巨响吸引过去。万民之王克赖发出尖锐的号叫，好像水壶响起的空气警报汽笛声。他迅速穿过房间，直冲着满地乱滚的水桶过去，用一只黑色的拳头在水桶堆里开出一条路。芬的心脏快跳出嗓子眼了，杰斯就藏在那个地方！

可那里空无一人。克赖愤怒地将水桶踢到一边。

陛下，或许是一只到处溜达的末影螨。穆鲁尽力安抚他的主人。

克赖猛地将他推到一边。你们这些笨蛋！他们来了！

真奇怪。芬心里想。克赖是对的，人类确实在这里，可他并没有完全猜对。还有杰斯，她刚才为什么要给我打掩护？对她来说，我就是个不相干的人，为什么她要冒着激怒克赖的危险保护我呢？

忽然，芬看见火把上闪过一道亮光，在一座摇摇欲坠的金子堆和一桶可可豆中间出现了杰斯的眼睛。不用意念沟通实在太愚蠢了！芬坚定地下了结论。人类是怎么忍受非意念沟通的？假如杰斯像他一样，就能立刻把自己的意图告诉对方了。

杰斯的嘴唇翕动，好像在说着什么，芬在昏暗的光线下努力去分辨她说的话。

"赶快瞬移！快走，别管我！"

"不行！"芬也用口型回答她，"不可能！"

在南瓜的掩盖下，光滑、高挑、黝黑的"末影人"杰斯骨碌碌地转动眼珠。当克赖冲着水桶发泄怒火时，她一声不吭地从金子堆后头爬了出来，溜到那支五十九人的队伍里，他们正耐心等待指挥官下命令。芬看到杰斯紧挨着可妮卡站在她背后时，紧张极了，万一被末地碎片发现真相，她连个手势都打不了。五十九个人确实很多，如果不仔细数，谁都不会发现多了一个。芬松了一口气，杰斯一直很擅长伪装。

有入侵者！末影人！跟我来！我们要粉碎人类的攻击！穆鲁和克赖狂喊起来。

智库团队全体立正，他们成了一个整体，再次从军械库出发往城里行进，重新加入末地集结起来的力量。他们喊着号子，齐步走，冲破大门，开出一条路来。

等一下！万民之王的声音响亮地切进现场每个末影人的意念里。当克赖走出队伍的一刹那，他看起来比任何时候都高大魁梧。一、二、三、四。他怒喝道。我发现末影人的数目不对！

这时，克赖黑色的手落在杰斯的肩膀上。

士兵，我不认识你。他冷冰冰地说。你叫什么名字？隶属于哪个末地？

我的世界：末地

　　杰斯抬起头痛苦地看着那些群情激昂的紫粉色眼睛，她无法理解克赖的话，因为她不会意念沟通。对她来说，军械库里只有死寂和危险。

　　我命令你报出名字，士兵！克赖咆哮着。不许藐视你的主人！

　　然而，要让可怜的杰斯听到他在说什么，比听到贾克斯在主世界打呼噜还难。如果她开口说话，即使头上有南瓜也无法隐藏她的真实身份了。她的手慢慢地靠近腰间的佩剑。

　　克赖的身体浮现出深深的丑陋的红色。他的怒火燃烧得越来越旺，在他身体里爆发，像拉响了火警。芬简直不敢相信眼前的一幕。当着这么多末影人的面，克赖应该尽力控制自己的情绪。一旦有狂暴的末影人带着失去理智的愤怒，就应该自动回避，与大家隔离。但是，克赖脸上红色的怒火显而易见。

　　抓住她！克赖下命令。智库团队不由分说服从指令，可妮卡和其他士兵立即抓住杰斯的胳膊，抓得比铁钳还紧。

　　陛下！穆鲁抗议道。她只是个碎片！

　　你真的愿意眼睁睁看着她被捕吗？芬责问自己。芬，这好吗？她救过你，可你却在克赖对她做出疯狂行为时袖手旁观？马上行动起来，你这个懦夫！然而，芬做不到，他很想救她，真的非常非常想，可是他的双脚就是不听使唤。

　　指挥官克赖在空中举起拳头，对杰斯挥出力道惊人的一拳，一下子把她从军械库的一头打到另一头。她撞塌了一堆镐，远远地摔在墙边，最后倒在地板上呻吟着。她举起手抱住了后脑勺。

头上全都是碎了的南瓜。

渐渐地，杰斯的南瓜面罩崩塌下来，露出令末影人惧怕的脸。克赖、穆鲁，还有其他五十八个末影人渴望的战争，以第一个人类悄悄潜入这种魔幻的方式展现在他们眼前。

克赖爆发出胜利的欢呼声，他刺耳的尖叫声在每个人的脑海里回荡。这声音听起来就像地狱魔鬼的指甲在黑板上嘎吱嘎吱的刮擦声。

看见了吧，你们？看见了吧？我是对的！跟老天下雨一样正确！

克赖的身体变得通红，他低下头逼视着杰斯。

芬的脚还是不听使唤，然而克赖的咆哮声驱散了他心中的恐惧。太棒了，虽然腿动弹不了，但胳膊还有知觉。完全是下意识的，芬举起弓，一整套动作行云流水，一气呵成，瞄准万民之王克赖两肩中间的核心位置，放出一箭。

"致敬伟大的混沌之神！"芬低声说道。

一切都发生在电光石火之间。

克赖的身体像把破雨伞似的皱缩起来，因愤怒发出的红光熄灭了，他摔倒在地上，几乎没发出一点儿声息。天哪。芬暗自想。瞧我干的好事！可怜的老克赖，爱讲又臭又长故事的老克赖，我击败了他，即将终结他的一生。我在末地干掉了一个末影人，在自己的土地上！我变成了一个彻头彻尾的人类！

我的世界：末地

没耽搁一秒，下士穆鲁马上向弓箭射来的方向发出意念侦测。几乎与此同时，杰斯一个箭步跳起来，手里紧紧攥着那把耀眼夺目的钻石剑。

她挥动武器，在五十八个末地士兵中杀出一条血路。杰斯左劈右刺，上挑下砍。这可不是一场比赛，她的利刃大开杀戒，士兵纷纷倒地，根本没人抵挡得了。

住手！克赖有气无力地说。住手！我需要他们！可杰斯像旋风一样，反手就把一个士兵劈成两半。住手！我是对的！穆鲁！我是对的！她是敌人！来自人类的攻击！她隐藏在我们中间！我是对的！

末影人士兵拼尽全力反击，可他们的实力完全无法跟杰斯抗衡。一些士兵受伤了，一些士兵逃跑了。他们原地消失，瞬移离开现场，彻底抛弃了他们的指挥官，只有可妮卡恶狠狠地逼视着芬的眼睛。一个，两个，三个，越来越多的末影人倒下了。

以伟大的混沌之神的名义发誓，这一切来得如此突然而剧烈。可妮卡说，就像那一天，她与芬相识于末地之穹外面的沙丘上那样。然而，当下她的心脏狂跳，内心充满恐惧。杰斯一剑向她站的地方劈下来，可妮卡倏地凭空消失了。

克赖继续号叫着。住手！我要我的士兵，我要我的末地！我不想回到过去！我是所有末影人里最聪明的！我是……我是最聪明……最后一名士兵扑在克赖的膝头，直挺挺地往前倒下了。杰斯在这场屠杀中累得气喘吁吁。那些尸体纷纷消失了,留下满地的末影珍珠。

克赖的意念变成一阵阵无意识的尖叫和一股盲目而混乱的怒火,但很快就沉默下来。在他垂死的意念中留下了类似灰绿色宝石发出的暗淡和模糊的光芒。

下士穆鲁慢慢逼近芬,他现在是个光杆司令了。这里除了我们人类,再也没有自己人了。芬恐慌地想着。而穆鲁的脑海里除了杀戮一片空白,这双熟悉的紫粉色眼睛后面再也没有同胞支持他了。穆鲁的眼里没有芬,他什么都看不见,只有一个决斗目标。

"我不得不这么做,"芬说道,"我只能这么做。"他闭上眼睛,把砂轮紧紧抱在胸前,等待最坏的结果。

突然,末影人像黑色海浪涌进军械库,他们随着克赖临死时发出的号叫声追寻到这里。当这群末影人相互靠近的时候,家族力量启动了。聪明才智回到了穆鲁的意念里,除了智慧,还有冷冰冰的切齿仇恨。

把他们抓起来!穆鲁下命令。杰斯再次抄起钻石剑反抗,末影人迅速朝她冲过去,杰斯打翻了一两个末影人后只能束手就擒。仔细审讯人类。还有这个叫芬的碎片谋杀了我们敬爱的指挥官克赖。我们也要问他一个问题,那就是:你想怎么了结自己?

"芬,赶快离开,你想置自己于险境吗?"杰斯高喊着,"留在这儿还有什么意义?"

"我是不会离开你的!"芬想都没想就大喊着回答她。

我的世界：末地

"你这个彻头彻尾的蠢货！"杰斯声嘶力竭地吼道。

穆鲁跟跟跄跄后退，避开芬发出的人类声音。哎呀。芬想。我真是个白痴！末影人是没法说话的！

就在芬还来不及为自己的错误行为后悔时，下士穆鲁抓住了他的脑袋，猛地往墙上撞。芬感觉南瓜迸裂掉了下来，穆鲁的眼前露出一张人类的脸。

是芬吗？穆鲁迷惑地问。这不可能，在你是个很小的碎片时我就认识你了，太不可思议了，简直难以置信！克赖……克赖真的未卜先知，他早就预见到了，他果然是最聪明的末影人！

穆鲁，我很抱歉。芬充满歉意，他是真心的。我还有别的选择吗？

不！下士穆鲁回答，他转身面对簇拥着他的末影人群下达命令：把他们关到笼子里！

芬的后脑勺被某个又大又硬，好像拳头的东西重重打了一下。

他陷入无尽的黑暗中。

第十九章

还记得吗?

芬逐渐苏醒过来,一阵冰冷的风拍打着他的脸。

芬感觉自己躺在硬实的地板上,而且这块地板还在移动。他竭尽全力想睁开眼,但太阳穴一阵阵地痛,眼前的一切都模糊不清。

"早安,灿烂的阳光。"一个声音在耳边响起。

是劳瑞。芬想。然而,这不可能,她应该和格尔好好地待在船上吧。

"欢迎回到正在执行的计划中来。"另一个声音揶揄地说。毫无疑问这是格尔。

我在船上吗?芬无比困惑。看起来又不像。

杰斯的声音切进他昏昏沉沉的头脑里:"你又回到家了。"

我记得他们要把我们关进笼子里。芬迷迷糊糊地想着。

我的世界：末地

不是来船上。

傻瓜，往四周看看。一个熟悉的声音突然闯进芬的脑海，是他特立独行的妹妹。虽然他的双眼仍然灼痛，但还是飞快地睁开了。

茉就站在芬的正对面，康在她旁边。

链链链子。洛杉沉默地抱怨着，蜷缩在他们中间。拴着洛杉的铁链很粗，铁链连接处不断地有果冻状的黑色液体渗出来，洛杉接二连三地尥着后蹶子，链子发出哗啦哗啦的响声。

在洛杉旁边有一个很大的紫色贝壳。贝壳开开合合，发出咔嗒、咔嗒、咔嗒、咔嗒的声音。

我讨厌你。格伦普在里边说。都是你的错，我要狠狠地咬你！

格伦普！芬兴奋地大喊起来。我太想念你了！

我才不想念你，因为我讨厌你。

谁是乖孩子？芬用一种跟可爱狗狗说话的语气问道。

不是我，我是个坏孩子，而且我也不是孩子。

希望你别太生气。芬说道。

格伦普咔嗒咔嗒地开关着贝壳。我才懒得评价你。不论怎样我都讨厌你！即使你变成一个头顶南瓜的人类，我也一样讨厌你。哼，等着瞧吧！

芬微微一笑："真是乱成一团糟，对吧？"他问其他人。

大家都到齐了，而且看起来他们还要在这儿待上一段时间。茉、康、洛杉、杰斯、劳瑞,还有格尔,全都站在巨大的银色笼子的栏杆里。银色笼子高高悬挂在离地面几百码的空中,每个人都一只胳膊锁在栏杆上,一只脚锁在笼子底部,笼子在风中摇晃着,无边的黑暗在脚下张开巨口。

"这是怎么回事?"芬问道。

"是这样的,你们出去吃午饭时间太久,"格尔咯咯地笑着,"我们就来陪你们了。"

芬转向妹妹问道:"你回来了?"他希望自己能说一些更得体的话,但是大脑运行缓慢,完全做不到,"贾克斯在哪儿?"

"你想说的就是这些?"茉大笑起来,"我不清楚,可能正在欣赏他的狩猎奖杯吧。是康把我带回来的。"绿眼睛末影人康赶紧严肃地瞥她一眼。茉答应过他,只好微微翻了个白眼:"是康救了我,我们瞬移到船上时,发现到处是军队的士兵,他们在大声嚷嚷关于克赖还有报仇什么的,听起来好像我不在的时候你惹了大麻烦。"

"我们被判处被末影龙执行死刑,"劳瑞叹了口气,"所有人都是死刑,你可真行!"

芬清醒了些,他的目光穿过笼子的栏杆看着外边的世界,黑曜石柱、水晶火苗、银色灯笼。这里是末影龙的地盘,一切如往常一样美不胜收。

"等等,末影龙在哪儿?它可没什么耐性。"

"它飞过去好几次了。"茉说道。

火火火火苗。洛杉叽叽喳喳地说。

我的世界：末地

茉轻轻拍着它僵硬结块的鬃毛。是啊，你太聪明了。

"他们要举行隆重仪式，向所有末影人证明克赖是对的，人类的威胁是真的，"杰斯解释，"穆鲁因此事备受打击，因为他的上司很英明，而且以后再也不能吼他，也不能打他了，所以他想让每个末影人都知道那个老东西是个圣人！穆鲁真是浑蛋。"她向格尔和劳瑞解释道，因为他俩无法从其他末影人那里认识克赖，"他可不是什么圣人。"

末影龙不会伤害我。康说道。我是个无辜的末影人，可你们真是碰到大麻烦了。

康，你为什么不干脆离开这里？茉痛苦地问道。离开我们就可以拯救你自己。

如果能把你们一起带走，我肯定能跑多远算多远。可我在末地之穹经常逃课，并不是个好学生，不够快不够强不够有力，没办法把你们全都带走，因此我是不会离开的。他握住茉的手，茉微微一笑。你们就是我的末地，我不能离开自己的末地。

芬非常确定的是，茉认为末影龙也不会伤害她，同时他也非常确定茉的想法是错的。芬从来都不像茉那样喜欢那条古老的动物，末影龙让他很不安。

"一切顺其自然吧。"劳瑞耸了耸肩。

"那是伟大的混沌之神的教诲，"茉一边观察大家的神色，一边说，"有时候你应该和我们一起去教堂。"

芬一边抱怨，一边揉着自己的脑袋，像要把它摘下来架在火把上慢慢烤似的。

"别管你的脑袋了,"茉热切说道,"我们都在等你醒来。"

"为什么?"

劳瑞的眉毛上下跳动,指向芬的脚。芬低头向下看,砂轮依然在他身上。"太让人惊讶了!他们竟然没拿走砂轮!"芬用没被绑住的手往下去取砂轮,想确认砂轮没有任何损坏,"可是,没有那些书的话,砂轮无法发挥作用。"

格尔微微一笑,是那种准备好等着送给别人惊喜的笑容:"小子,我们都替你想好了。"

茉的手伸向芬,芬的手也伸出来,但他们无法触碰到彼此。"芬,你知道今天是什么日子吗?最近事情太多我差点儿忘了。"

芬茫然地摇了摇头。

"芬,末地狂欢节快乐!"茉开心地说。

"对啊!对啊!"他几乎……完全不记得有这回事。在他的记忆里,末地狂欢节仿佛非常遥远了。

"以前他们还会送我们礼物。"茉笑嘻嘻地说。

劳瑞和格尔在各自的无限口袋里仔仔细细搜索着,过了一会儿,劳瑞掏出一本书扔在笼子底部。书先是在地上滑动,之后越过木地板落在芬的大脚指头上。劳瑞又把手插进口袋,拿出另一本书,接着又是一本。这时,格尔也取出了五六本书,然后把书都推到茉面前。虽然不是船上所有的书,但已经很多了,他们这个举动真是太让人敬佩了。

我的世界：末地

"伙伴们，猎杀奇异怪兽节快乐！"格尔大声说道。

芬把书捡起来放在手心，翻来覆去地查看了好几次。他和茉的眼睛一眨不眨地凝视着它们。在这以前，他俩从没有聊过这些书。但是，他们无须意念沟通就知道接下来该怎么做，要么马上行动，要么永远放弃。

"动作快点儿！"劳瑞连哄带骗地，"我快急死了！"

格尔双手交叉抱在胸前："假如只是本《节肢杀手》，那就太让人失望了。"

"您先请。"茉对杰斯说道。

杰斯给芬演示怎么使用砂轮。那本书刚开始任何反应都没有，不一会儿，它开始震颤，越来越膨胀，好像要打一个大大的饱嗝，接着开始发光。

忽然，这本书打开了。五个人类，一个末影人，一匹僵尸马，还有一个潜影贝，全都凑过来。

"《海之眷顾附魔第一阶》。"芬慢慢地念着，"海之眷顾附魔可以增加抓到珍宝的概率，减少捞到垃圾和鱼的概率。废物！"芬对此很厌恶。

"我说什么来着！"格尔兴奋得像打鸣的公鸡。

劳瑞踢了格尔一脚："芬，对不起，真抱歉。"

哈！哈！格伦普在壳里哈哈大笑。你希望落空的样子太滑稽了！

芬失望地靠着笼子栏杆坐下来。"真是难以置信，我还以为……真的以为书里的内容能帮我们揭开身世之谜，是我们一直苦苦寻找的答案，不管什么线索都行。"他把书抛在笼子底部，"我在泰洛斯城搞砸了一切，眼看就要被处死。临死之前唯一明白的是，可以在钓鱼竿上添加海之眷顾附魔。"

"芬！"茉温柔地说道。

"茉，我真的很抱歉，这一切发生得太快了，来不及反应。我不是故意杀克赖的，你不知道他想干什么。当然，对末地来说，他死了也不是坏事……"

"芬！"茉打断了他的话。

"可我明白除掉他也好不到哪儿去。我除掉他不是因为他的计划，而是他妄图伤害杰斯，我痛恨这种行为。"

"芬，你看！"茉指着那本书，那本又傻又没用的《海之眷顾附魔第一阶》。在附魔技能的另一面有手写的笔迹。

这是芬的笔迹。

恍惚间，芬捡起了书，站在几个人的中心位置，好像在对着全班同学朗读一样。芬一个字一个字地随着手指仔细阅读那些字句：

"末路之地，永远是暗夜，既没有日出，也没有日落，更没有时钟的嘀嗒声。

但不意味着这里没有时间或者光亮。一圈圈淡黄色的岛链飘浮在无边的黑暗中，闪闪发光。紫颂树和紫色的尖塔拔地而起，扎进无垠的黑色天空。树上果实累累，塔上房屋重重。白色末地烛如蜡烛般在塔顶阳台拐角处伫立着，驱赶每一处阴影。群岛上，巨大、古老又宁静的末地城中到处矗立着

我的世界：末地

这样的塔楼，紫色和黄色是这里的主色调。末地城的边缘停靠着桅杆高耸的末地船，下面是血盆大口似的无尽虚空。

这是个美丽的地方，但不是空无一人。"

"这些话是什么意思？"芬问他的妹妹。

"我也不知道，继续往下读。"

"我们生来就居住在这里，对其他地方知之甚少。我们在这里长大，末地就是我们的家。这跟群岛中任何一个岛屿上成百上千的末影人没什么不同。我们住在末地船上，家里堆满了各处捡来的'垃圾'。"

芬浏览着这几页的笔迹。

"与其他末影人细长明亮的紫粉色眼睛不同，康的眼睛是绿色的。

没人知道为什么。在末地历史上，没人记得曾经出现过绿眼睛。"

"伟大的混沌之神，这写的都是什么啊？"芬低声说着，脸色越来越苍白，他飞快地浏览完了整本书。

"我想给它起名叫洛杉，漂亮的马驹就该有可爱的名字，况且它也不会吃我的脑子。"

茉全身颤抖着："跳到末尾去看。"她紧紧地抱住僵尸马，都快把它勒死了。

芬翻到末尾，大声地朗读道：

"我很害怕，发生了这么多事情，克赖死在我手上，艾尔莎也死了，我失去了妹妹。末影龙也丧了命。可怜的洛杉，可怜的格伦普,我们所有人都很可怜。末地四分五裂,岛屿全部沉入虚空,天空彻底塌陷,我多想忘了这里以前是多么美,简直太美了。泰洛斯城的高塔像彩色纸屑一样坍塌下来,末日快要到来了。失忆潮水即将冲刷我的头脑,我会对这一切完全失去记忆。可你知道吗?我宁愿忘掉一切。

我又回到船上,躺在甲板上,我能看见暗夜之泪在肆意流淌。当我闭上眼睛的时候,我听到远处康在弹奏音乐。太好了,他还活着,我真高兴。他一定会来找我,成为我末地的一部分。

末日快来了,我能感应到它正在穿过岛屿向我靠近。该来的必然会来,为什么要抗拒呢?

向伟大的混沌之神致敬!祝福创世者。新的轮回中再见,阿尔蒂茉。"

芬猛地把书甩了出去,巨大的恐慌紧紧攫住他。书掠过木地板,穿过笼子的栏杆,飞到外面空荡荡的夜色中,像一只白色小鸟从他们所在的位置坠落下去。

"这是什么,这些到底是什么东西?"他恐惧地大喊着。

"没关系,冷静一下,我们看看另一本书,"劳瑞提议道,"魔法通常是很奇怪的,任何被附魔的东西都有不可预测的地方。"

劳瑞用砂轮把另一本书解除附魔。她本来要传递给芬,转念一想又交给了茉。"摔落保护附魔可以减少坠落造成的伤害和用末影珍珠瞬移造成的伤害。"茉读道。

我的世界：末地

然后她翻过一页。"这里是我的笔迹。"茉悄悄地告诉他们。

她开始从另一面读起：

"末路之地，永远是暗夜，既没有日出，也没有日落，更没有时钟的嘀嗒声。

但不意味着这里没有时间或者光亮，一圈圈淡黄色的岛链飘浮在无边的黑暗中，闪闪发光。紫颂树和紫色的尖塔拔地而起，扎进无垠的黑色天空。树上果实累累，塔上房屋重重。白色末地烛如蜡烛般在塔顶阳台拐角处屹立着，驱赶每一处阴影。群岛上，巨大、古老又宁静的末地城中到处矗立着这样的塔楼，紫色和黄色是这里的主色调。末地城的边缘停靠着桅杆高耸的末地船，下面是血盆大口似的无尽虚空。

这是个美丽的地方，但不是空无一人。"

"真是难以理解。"芬说道，揉了揉自己的脸颊。眼前的一切看起来那么虚幻，这些是什么，怎么成了这样？

茉跳过中间部分直接来到末尾。

"我很害怕，发生了这么多事情，克赖死在我手上，艾尔莎也死了，我失去了哥哥，但我相信他还活着。末影龙也丧了命。可怜的洛杉，可怜的格伦普，我们所有人都很可怜。末地四分五裂，岛屿全部沉入虚空，天空彻底塌陷，我多想忘了这里以前是多么美，简直太美了。泰洛斯城的高塔像彩色纸屑一样坍塌下来，末日快要到来了。失忆潮水即将冲刷我的头脑，我会对这一切完全失去记忆。可你知道吗？我宁愿忘掉一切。

我又回到船上，躺在甲板上，我能看见暗夜之泪在肆意流淌。当我闭上眼睛的时候，我听到远处康在弹奏音乐。太好了，他还活着，我真高兴。音乐声越来越近，他一定会来找我，成为我末地的一部分。

末日快来了，我能感应到它正在穿过岛屿向我靠近。该来的必然会来，为什么要抗拒呢？

向伟大的混沌之神致敬！祝福创世者。新的轮回中再见，埃尔芬。"

劳瑞给另一本书解除附魔，跟着又是一本，再一本……这时格尔往后退了一步，书里的任何内容他都不想看，太严肃压抑了。一个正宗的探险家只期待被末影龙执行死刑，那起码还算是冒险，可读书不算在内。

他们一本接一本浏览并大声朗读，可一切都是徒劳。每本书内容都一样，连芬和茉的手写笔迹都一样。

"末路之地，永远是暗夜，既没有日出，也没有日落。"
"末路之地，永远是暗夜，既没有日出，也没有日落。"
"末路之地，永远是暗夜，既没有日出，也没有日落。"
"新的轮回中再见，埃尔芬。"
"新的轮回中再见，阿尔蒂茉。"

里边的内容也不完全一样。有的名字变了，有的事件在每本书里印证的方式不一样。没时间把所有的书一一看完，很快他们就麻木了，查看了开头和结尾后，就转到下一本书，解除上面的附魔。兄妹俩的生命都记录在这里，他们经历过

我的世界：末地

的每件事都被记录下来。然而，还有一些没经历过的，用手写的方式一次又一次记录下来。谁知道船上堆积如山的书里还有多少这样的内容呢？

妈妈，解释解释解释一下。洛杉发出刺耳的声音，用鼻子轻轻摩擦茉的手。

没办法，解释不了，我也不知道。

康的双手拂过那些书。我也在这些文字里。他说。跟大家在一起，世界末日的时候我还弹奏着音乐，这才是我存在的意义。

芬对妹妹写的字惴惴不安，低声问茉："谁是阿尔蒂茉？"

"我真的不知道，"她回答，然后反问哥哥，"埃尔芬又是谁？"

"我压根就不知道！"芬气急败坏地说。

茉把嘴撇到一边。原本她不想告诉大家，可事已至此没得选择，只能坦白说："末影龙曾经叫我阿尔蒂茉。"

"嗯……"格尔插嘴道，"等等，咱们往回推理。阿尔蒂茉？是那个阿尔蒂茉吗？顶级炼金大师阿尔蒂茉吗？"

"埃尔芬就是那个大法师吗？"劳瑞问道，她的两道眉毛上蹿下跳，证明这个人物给她留下很深刻的印象。

我讨厌他们！格伦普在壳里怒气冲冲地说。一听他们的名字就知道是个失败者。

杰斯摇了摇头："不可能，"她失声大笑起来，"我们玩过变身游戏，但那不可能。阿尔蒂茉和埃尔芬是传说中的人物，他们是法师里的翘楚,是这个行业的领军人物。况且他们不是双胞胎,听说早就离世了,也许离世了吧。聊他们还不如聊聊亚瑟王和德古拉。而且,芬,我不是故意冒犯你,我见识过你在军械库里的表现,虽然是个高手,但还不算顶尖高手。"

芬装作对这句话不在意的样子。好歹当时他已经竭尽全力了,不是吗?

"我救了你的命,对吧?"芬含含糊糊地说。

"没错,我的朋友,可我也救了你一命,两件事别混在一起。这可完全不是英雄救美的戏码。"

各种烦恼和怪诞感充斥着芬的脑袋,他只能报以微微一笑。

茉在洛杉皮开肉绽的马背上抬起手,又思虑重重地放下。"到底是什么意思呢?"她像是问在场的每一个人,又像是自言自语。可是,回答她的只有沉默,至少同样都被关进笼子里的几位都不知道答案。

这时,下面传来一阵骚动,响起很多低沉的咕噜声和轻微的砰砰声。大家赶快聚集到笼子的一边,想看看下面发生了什么。

一个身影站在沙地上,双手叉腰,仰着脸怒气冲冲望着他们,身边围绕着几个受了重伤的末影人。

"我的天哪,你们这些该死的浑蛋!"贾克斯大吼着。

第二十章

未知的变数

"你为什么要逃跑？"贾克斯站在下面冲茉大喊，听起来是真的被她的行为刺伤了。

"你的举动太疯狂了，而且你还拿我做实验！"

"我是为了帮你！"

"我才不需要你帮我！"茉也朝他吼。

贾克斯大笑起来："真是太棒了！现在你们被关在笼子里挂得高高的，是为了好玩吗？"

"看不出来吗，我们就快被执行死刑了。"

格尔翻了个白眼："那就等着呗。"

"一个新人类打败了末影人的国王或者其他什么，这就是整个事件。"劳瑞一边说，一边用大拇指朝身后芬站的方向指了指。

"你们怎么还这么轻松自在?"茉说道,"他们就快把我们给宰了,你们还像开玩笑似的。"

杰斯耸耸肩:"没关系,贾克斯来了,我们就可以逃脱了,太棒了,我们经常这么干。"

"可是末影龙就在附近,你知道的,对不对?它怎么可能放过我们!"

"这正是我来这里的原因!"贾克斯大喊,"末影龙的要害部位一个是心脏,一个是腹部,还有两个在双眼之间,只要干掉末影龙,我们就能脱身了!"

"我不会让你伤害末影龙!"茉低声说,但声音坚定如铁。

格尔猛然抬起头,目光越过笼子的栏杆向外紧张地望着。"你们听到了吗?"

岛上空无一人,连末影龙都毫无踪迹。如果那条大家伙在附近的话,隐藏得也太好了。茉认为格尔听错了。贾克斯刚才已经手脚利索地把末影人警卫都干掉了,他们周遭应该再无旁人。

然而,茉很快也听见了这个声音。接着,劳瑞、杰斯、芬、康、洛杉和格伦普,大家都听到了。

一个来自虚空的声音,是合唱末地狂欢节赞歌的声音。声音响彻夜空,他们听得一清二楚。

降临吧,伟大的混沌之神,
无法无天,得意扬扬。

我的世界：末地

来吧，欢迎光临末地，
来吧，来犒赏我们，
圣洁的碎片赶快出生。
我们服从你，
我们帮助你，
我们崇拜你，
伟大的混沌之神！

"用箭把我们的笼子射下来，好不好？"杰斯压低声音问。

贾克斯夸张地叹了口气。随后，这个人类男孩把弓架起来，瞄准目标。芬和莱还来不及失声大叫就已经迅速下坠，系着笼子吊在黑曜石柱上的绳索已经断了。

五个人类，一个末影人，一匹僵尸马，还有一个贝壳里的怪物，全都从空中摔了下来。

杰斯、劳瑞、格尔看起来一点儿都不害怕，格尔甚至在半空中还跟芬挥手；劳瑞肚皮朝天仰卧着，双臂做着划水的动作；杰斯在他们下坠的过程中一直看着表计时。

他们配备了鞘翅和摔落保护靴，坠落对他们骨骼的影响跟跳爵士舞差不多。芬和莱以前也有这两样宝贝，可后来再也没有了，于是他俩直愣愣地从空中坠落，一点儿缓冲都没有。

大声歌唱吧，为伟大的混沌之神，

歌唱圣洁的混沌之神。
来吧，来吧，神已降临末地，
一起高唱赞歌，
消灭我们的敌人。
来吧，尔等圣洁的混沌，
来吧，尔等蒙福的嘈杂，
来吧，尔等未知的变数，
混沌永生！

格伦普最先着地，外壳摔得裂开了，露出里面的潜影贝肉块。它迸发出愤怒和耻辱的尖叫声。洛杉第二个着地，它的后背裂成两半，后脑勺也爆开了，不过它本来就是僵尸，这些伤对它影响不大。

茉知道自己必死无疑了，她下坠速度太快，根本不知道撞上了什么。她觉得自己在拥抱死亡，突然一切都变慢了，如同慢镜头一样，自己仿佛缓缓滑进了未知的恐惧中，还看见四面八方的末影人潮水似的涌来，边走边唱着末地狂欢节赞歌。

来吧，让我们信奉你，
来吧，让我们供奉你，
来吧，让我们愉悦你，
在这混沌之夜！

我的世界：末地

  时间慢得足以让茉抓住紧跟着掉下来的芬。茉伸出双手，却什么都抓不住。她再一次伸出手，却看到了芬的蓝眼睛，里面满是认命的眼神。时间慢得足以让她看到康，康离她很远，抛下他们瞬移到安全的地方去了。除了抛下他们，康还能做点儿别的吗？

  时间慢得足以回头瞥一眼刚才挂着笼子的黑曜石柱，她看见末影龙上下颠倒地挂在上面，好像一只又大又吓人的蝙蝠。它那巨大的深紫色双翼紧紧裹住身体，尾巴卷曲在翅膀下面，发光的脸和发着紫光的身体全都隐藏起来。一旦末影龙的翅膀合拢，黑暗中就很难被发现。贾克斯自然是看不见的，他就站在末影龙前面却丝毫没有察觉，但凡他看见一丝端倪，决不会背对着末影龙。

  原来，末影龙一直待在那儿，等待着，倾听着，几乎就在他们脚边。

  当茉下落时，贾克斯开始用箭射向那些黑曜石柱顶的灯笼中的水晶火苗。对末地来说，这只是开始，不论末地将要发生什么，该来的已经到来了。一盏，两盏，三盏，灯笼依次熄灭。

  在落地前茉看见的最后一个画面是，贾克斯瞄准了最后一盏灯笼。在他身后，末影龙慢慢伸展开它巨大的双翼。

  茉落在格伦普的壳上，芬落在她身上。他俩感觉下面有个可怕的东西张开了口，于是兄妹俩又掉进一个凹陷又柔软的地方。是格伦普的壳猛地吞没了他俩，咔嗒、咔嗒、咔嗒、咔嗒、咔嗒。

来吧,尔等圣洁的混沌,
来吧,尔等蒙福的嘈杂,
来吧,尔等未知的变数。
混沌永生!

兄妹俩苏醒时发现身处一座庞大的紫色房子里,天花板高高耸立在头顶,脚下的地板向四面八方延伸出去,天花板和地板中间竖着一排排柱子,墙上满是火把,用柔和的金色亮光迎接他们。

房子正中央,有个跟格伦普外壳一样材质的紫色石头平台。顺着楼梯上去,他们看见平台上有一个四四方方的东西,跟格伦普的外壳非常像。顶端是一个怒不可遏、愤愤不平的潜影贝,浑身上下一丝不挂,质地柔软,发着微光,呈现黄绿色的躯体,比一个垒球大不了多少,比一口痰硬不了多少。

"你还好吧?"茉小心翼翼地问道。

"这是你的壳吗?"芬极其惊叹。

格伦普在平台上打量着他们。

"这儿肯定不是潜影贝的壳,"茉说道,"我了解潜影贝,跟这儿不一样。"

"从某种意义上说,你是根胡萝卜,而我不是潜影贝。"格伦普说,"任何有半个脑子的人现在都明白了。"格伦普又

我的世界：末地

说道。

格伦普侃侃而谈，声音洪亮，就像个人类。

在他们头顶，壳的外边，远远传来轰鸣声、喧闹声和战斗声。

"那你是什么呢？"芬问道。他的喉头一阵阵发干、发紧。

这个比垒球大不了多少的软体动物朝他翻了个白眼。格伦普谦虚地鞠了个躬："我是伟大的混沌之神。嗯，我非常讨厌你们两个，我真的很想……很想咬你们一口。"

第二十一章

向伟大的混沌之神致敬

"我没听清,你是谁?"茉问道。

"阿尔蒂茉,你听见我的话了。我说的话你听得清清楚楚。跟你说话实在太烦了。每个方法我都试过了,一开始很有趣,可一旦某件事能够未卜先知,我就对它特别厌烦,而且你俩都让我厌烦得起疹子了。"

"你是伟大的混沌之神,末影人的上帝?"芬不停地摇着头,"不,这不可能,你是格伦普!你讨厌所有的事,还天天朝我吼。每天结束后,我就款待你一个苹果或者一口鳕鱼。"

"你自己吃一肚子鳕鱼去吧,"格伦普低声咆哮着,"我讨厌那玩意!"

芬微微一笑。"这才是我的乖乖,谁是乖孩子呀?"

"我不好也不坏,而且我也不是你的乖孩子!"格伦普大

我的世界：末地

发雷霆，"上帝是个特定的词语。新宇宙诞生的时候我就存在了，宇宙毁灭的时候我依然存在。我知道谁是创世者，是谁缔造了末地。他们从岸上来，勤勤恳恳地工作，坦然面对他们的灭绝。在创世纪时光的齿轮中，我是那个永远不朽、变幻莫测的混沌推手。"

茉不安地摩挲着手背。"末影龙呢？它好像也是这么说的，说自己是世界尽头的永恒暗夜炎龙。"

"末影龙是我的宠物，"格伦普嘲弄地说，"一两千年前我很孤独，需要有个伴依偎着我，用小把戏逗我开心，让我取乐。人人都需要个伴，你明白的。一个能自我认知的灵魂不断地成长是很有意思的，而且它还会喷火，我为末影龙感到骄傲。"

"如果你那么伟大强悍，为什么看起来像一摊鼻涕？"芬说。

"——像个潜影贝。"几乎同时，茉飞快地补充道。

"在观察你们和其他人不断轮回的时候，我的真理视野连你们的肝脏都能一览无余看个通透。也请各位远离我，我可不想听那些愚蠢的赞歌，一旦你变成上帝就再也没有隐私了。狗仔队无处不在。"

"观察我们？为什么？"芬问道。

"因为我讨厌你们，"伟大的混沌之神笑嘻嘻地说，"我打心底讨厌你们，可我不能让你们从我的眼神里看出来。因为你无法想象我有多讨厌你们。"

茉沉重地坐在地板上。"为什么会这样？为什么你叫我阿尔蒂茉？我无法理解。"

"哼，装模作样。"格伦普友好地说，"你理解不了，因为你跟块蛋糕一样厚重笨拙，你俩都一样。可是别伤心，我也有错，我的宠物吞了你们的家。"

"我们再不回去，贾克斯就会杀了你的宠物！"茉向外边一指。

"我为什么要阻止他？总有人想杀末影龙，它的死是一个新轮回的起点。"

茉觉得离答案就差一小步，就像一块东西卡在牙齿里，她却没法把它弄出来那么难受。轮回、附魔书、龙蛋、阿尔蒂茉，所有线索都摆在那儿，可她还是没办法形成完整的推理。

"混沌之神憎恨轮回。"芬说道，他也不知道这理论是哪儿来的，仅仅是脑海中的灵光一现。

"埃尔芬正在回归，我感受到了芬的意念。当然啦，这个理论不完全正确。经书里也提过类似观点，听起来很睿智，然而真相比我们认知的要复杂得多。轮回永远不会给我带来麻烦，因为我就存在于轮回中。我已经把轮回的过程设置得妥妥帖帖，可你俩却打乱了它。"格伦普说。

"怎么打乱的？我们做了什么？"

"你俩困在轮回中了。"格伦普说道，声音听起来沉重而艰难，"而且永远无法挣脱。"这个潜影贝的脸庞跟其他潜影贝没两样，表情非常严肃，混浊的灰色眼睛里透出像是遗憾的眼神。"其实，我已经尽力帮助你们啦，我告诉过你们别让

我的世界：末地

康上船，我告诉过你们要杀了那些人类，我告诉过你们如果让我咬他们一口就会更快乐，我甚至告诉康让他永远跟我待在一起，这样所有结局就会完全不同，还有其他一些混沌的事情。可你们总是不听我的话，直到一切无法挽回。当那一刻来临，一切重新开始轮回，你们会想起所有的事情，对真相了然于心，像从前一样无数次地重复，一切又重新来过。因为你们是人类，所以你们可以号啕大哭，除了哭泣别无他法。我不是讽刺你们，能哭出来还算幸运，上帝就无法哭泣。"

"格伦普，你哭吧。"

"我不是格伦普。"

"可你就是格伦普呀，"芬坚持自己的观点，"至少有一部分是，不然你也不会跟我们一起住了那么长时间。有人闯进来你就预警，还吃光我们的'爆米花'，一点儿都不留给我们，你是我们的乖孩子。"

伟大的混沌之神叹了口气，愤愤地砸了一下紫色的石头平台，然后开始说道："我刚才已经说过了，现在重复一次。芬，我讨厌你。茉，我讨厌你，比最近说讨厌你的那次更讨厌你。"格伦普顿了一下，"末影龙是这个世界的心脏，它在末地中心跳动，一圈圈地在天上盘旋，跟脉搏一样稳定，世上万物的运行都离不开末影龙。自打开始，人类就跟踪它而来，找到末影龙再杀了它，没有任何合理的原因，仅仅因为它可以杀罢了。每次我可怜的宠物死了以后，另一条就出生了，轮回得严丝合缝，因为世界必须有个心脏。一条末影龙消失了,它的窝里会出现一颗龙蛋,孵化出一条新的末影龙。可是同样强大、同样古老、同样尊贵的末影龙的主人,伟大的混沌之神,却不必困于轮回,混沌之神永生不朽……我们姑且把轮回称之为苏醒吧,如同一艘船高速驶过后,海水被搅动起来,荡出一圈圈波浪,水流不断地被更新和取代,末影龙死后也是同样的情况。随之而来发生的事情大概在……我打赌大概在十到十五分钟,差不多这么长时间,从它身体内发出一股巨大的苏醒脉冲波,这股力量像海浪覆盖整个末地,波及每件事和每个人,使他们遗忘之前的一切。世界就此重启了,周而复始生生不息。现在这个时刻就要到来了。"

"这一切究竟是为什么,对谁有什么好处吗?"茉问道。

"为什么你的身体会在死后重生?"格伦普耸耸肩,虽然没有肩膀,"轮回是末影龙分解的方式,你不应该妄下论断。阿尔蒂茉,你经常贸然评判他人,这个习惯太让人生厌了。"

"我才不是阿尔蒂茉!"茉大声说,感觉很无奈,"我就是茉!一个普通女孩,我有一艘船、一匹马和一个双胞胎哥哥!"

这只潜影贝咕噜咕噜大笑起来。"你当然是阿尔蒂茉!伟大的阿尔蒂茉!顶级炼金大师阿尔蒂茉!你以为僵尸马谁的命令都会服从吗?清醒一下吧,小毛孩!还有你,你是大法师埃尔芬,外号'暗夜火焰'!你在家乡可是很有名的,每个人都愿意以你为师。阿尔蒂茉居住在广阔的墓园里,那里有各种植物和很多矿产,可以信手拈来——因为人们在下葬时总有很多值钱的随葬品。以前人们传说阿尔蒂茉在月亮下和

我的世界：末地

太阳下能够配置各种用途的药水，其实是瞎说的，这些传说人们不假思索信以为真。埃尔芬住在沙漠里，他的住所是一座由火把建造的宫殿。很久很久以前有一个偶然的机会，你俩相遇了。冥冥中的指引，在许多个轮回之前，你们两个天才下到末地并且杀死了我的宠物。就是你们干的，对不对？砰的一声，正中两眼之间的眉心位置。但你们得意忘形，没能像大多数人类那样带着战利品穿过传送门。你们只好滞留在这里长达几个世纪，后来被我可怜宠物的失忆潮水所吞没，因为你们对自己的人身安全太过自负，真让人厌烦，于是你们一次又一次地陷入轮回里。

"有些轮回很短，有些很长，但结局都是相同的。当你们苏醒时，头上的南瓜会让末影人觉得你们是同类。当然了，你们是记不得的，死去的末影龙把你们的记忆抹除得一干二净，于是你们真的可以用意念跟末影人沟通。而且，人类实在太吵闹了。你们还做出某些假设。人类真的很擅长凭空捏造各种事实，凭借……嗯……我创造出的秩序。你们对不合理的事情进行粉饰，让它变得合理。你们环顾四周发现了一艘船，于是假设这就是你们的家；你们碰到邻居，如果直接承认不记得彼此会非常尴尬，于是那天早上你们杜撰了不合群的原因；为了保持自己的意识，你们不像其他末影人那样融入集体，于是假设自己非常……特立独行，永远不是他们中的一分子；你们看见壳里的潜影贝，于是你们认为它就是家里的宠物；你们没有父母，所以必须编造一个故事解释他们离去的原因。而且,凡是痴迷于火焰技能的大法师又何尝不憎恨雨水呢?即使你不认识镜子里自己的面孔,你记忆中的一部分仍然会记得。然后呢?你们碰到一个奇怪的男孩,他好像喜欢你们,于是把他想象成一辈子的朋友,人类的想象力太令人讶异了,距离末日失忆潮水不过一天,就把一切忘得干干净净。"

茉问自己:这些都是真的吗,是事实吗?我是炼金大师阿尔蒂茉吗?然而,没有任何答案,她的记忆一片空白。

"那康呢?"她问道,"他跟我一点儿都不像,况且他不是人类。"

格伦普合上双眼。"你说康啊,他是我的末影人,我最好的末影人。我是伟大的混沌之神,未知的变数是我带给这个世界的礼物,康……就是那个变数。他出生时眼睛是绿色的,异于常人,这就是基因突变。基因突变是宇宙中最有价值的事情。没有突变,任何事情都一成不变。正因为他的独特,所以他不属于任何地方。正因为他不属于任何地方,当你们来到这里时,康发现了异邦的陌生人,希望他们能喜爱他,因为康的同胞对他很排斥。别激动——你俩对他比其他人好不了多少。还不是因为在第一次轮回中,当末影龙的失忆潮水吞没你们时,他就藏在附近,想鼓起勇气跟美丽的炼金大师搭讪。后来你们苏醒的时候……"

"他刚好在场,所以我们认为彼此相关。"芬补充道。

"是的,然而也是突变的奇迹。一旦假设你们彼此相关,

我的世界：末地

你们就真的产生了联系，现在芬和茉在哪儿，哪儿就有康。他大部分时间跟你们相处，他的意识里植入了两股强大的人类思想，于是他的成长比我认识的任何末影人都迅速。轮回给我的末影人造成极大困扰，对这个让人厌烦的过程，每个末影人的版本都有所变化、突破、扭曲，否则他们决不会推举克赖为指挥官，决不会组建军队，更不会拥戴可怜的艾尔莎作为混沌之神的代言人。在这一版本的轮回开始前，大家都想不到这些花里胡哨的事情！老实说，真的太恐怖了！你们见过克赖吧？呸，太招人烦了！可是，康的变化是最大的，这段时间他几乎成了个人类。还有那种音乐，奇特的音乐。他就是我的证据，也是我的理由。康的音乐是我内心所有的展现。混沌产生美。你们三个组成了一个末地，没人能看穿这一切。"

"一共经历了多少个轮回？"茉愣愣地问道。

"这是第一千次轮回了。"末影人的上帝回答。

芬和茉彻底崩溃了，他们在地板上摊开四肢躺在那儿动弹不得，伤心且无力，再也承受不了这一切。

"为什么不早点儿告诉我们？"

"那还有什么意思呢？我说过，我曾经努力去帮助你们，尽力告诉你们，我想让每个轮回都不同，可你们太顽固了！人类热爱秩序，从没有厌倦过，于是你们一次又一次演绎着自己的角色。"

"等等……我和茉是双胞胎吗？格伦普，茉是我的双胞胎妹妹吗？"

格伦普咯咯笑了起来。"以我的理解，我真诚地认为，你们在穿越传送门到末地前两星期刚刚碰面，你俩几乎算是陌生人。是不是难以置信？"

"我们必须打破轮回，"芬最后说道，"事情明摆着，只要我们出去就会逃出这个困境，以后所有事情都能回归正常。"

混沌之神放声大笑。"你总是这么说，大法师。我听过九百九十九次啦。"

茉可笑不出来，她皱着眉头，想着洛杉和康，想着杰斯、贾克斯、劳瑞和格尔，想着克赖、艾尔莎和卡申，还有主世界那天的雨夜中响起的音符盒回音，这些是她的末地。假如他们的潜影贝没有撒谎，他们在末地居住的时间肯定远比主世界长，况且就在几天前，他们还过着幸福的生活。

"瞧啊，"格伦普低声哼着，"芬，你有麻烦了。你妹妹爱上了末地。"

芬装作没听见的样子。"你说的这些都是以前发生的事，我看过那些书籍，你只告诉我们一部分事实。可是他们呢？那些在末地跟末影龙战斗的人类呢？例如杰斯，他们也是轮回中的一部分吗？"

格伦普看起来很吃惊，像吓了一跳的样子。"不，"格伦普沉吟着回答，"他们是头一次闯入的。"

"所以这就是机会了，"芬兴高采烈地说，"我们有机会改变现实，我们可以借此打破轮回并且逃出去。茉，如果你担

我的世界：末地

心，我们可以带着康一起走，我们和他一起开始新生活，同心协力建造房子，还可以开垦田地。"茉看起来还没下定决心，芬又继续说，"如果我们在一起，一切都没问题，说明宇宙正在运行，你刚才没听见吗？"芬看着茉，咧嘴一笑，这个默契的笑容在茉的生命里再熟悉不过，在她生命中不可或缺。

"是吗？我都等不及要看到这个美好愿望成真了！"格伦普恶声恶气地说，"太有悬念了。"

这时，有什么东西撞在贝壳上，尘土穿过石头缝刷刷落下。

"你们动作最好快点儿。"格伦普说道，好像外面的动静对格伦普而言无所谓似的。兄妹俩起身离开，顺着楼梯走下平台。

"我的孩子们，拜托你们，"伟大的混沌之神用一种突如其来的温柔声音呼唤他们，"请记住，不论发生什么事，不管你们做了什么，说了什么，不管你们到时候是死是活，不管你们梦想成真还是灰头土脸，我会永远永远地讨厌你们，一直到时间的尽头，我会比任何人都讨厌你们。"

芬皱了皱眉头，一个奇怪的想法在脑海里出现。"格伦普，当你说讨厌我们的时候，真正的意思是爱我们吗？这是伟大的混沌之神的做事方式吗？是不是一个词语跟字典里的含义相同会让你备受束缚？你明白，这可真是个可怕的笑话。"

"随你怎么说吧。"格伦普哼了一声，转过身后却无声地点点头。"礼品店关门啦。"格伦普对自己开着玩笑，可不论芬还是茉都没有笑。他们不知道这是什么样的礼品店。接着，大门关闭的声音回荡在伟大的混沌之神的家中。

"我们回船上再见。"格伦普对着他俩的背影说。

第二十二章

再次战斗

炼金大师阿尔蒂茉和大法师埃尔芬刚从潜影贝的壳里出来，马上就置身于已经白热化的战场，而节日唱诗班的末影人要么躲在黑曜石柱后面，要么干脆拔脚开溜了。

末影龙在伤痛的刺激下进入狂怒状态。它咆哮着，在柱子间到处躲藏，一侧龙翼血流如注。杰斯和格尔驻扎在中央岛屿中间的石头天井里，紧握武器，等着末影龙下降到一定高度时了结它。劳瑞在他们中间往返奔波运送恢复药水。贾克斯呐喊着，吼叫着，在烧焦的土地上手舞足蹈。他搭弓射箭，准备给予末影龙致命一击。

"住手！"茉大声疾呼，跳到贾克斯身边把他手里的箭打掉了。

"你这个蠢货，"他咆哮着，"你想干什么？"

"我待会儿跟你解释!"

贾克斯冲她翻了个白眼,耸了耸肩。现在激战正酣,他可没兴趣听茉倾诉内心。末影龙看见了他们,它已泛白的眼珠喷着怒火,然后它收起双翼,径直向他们俯冲过来。

"来了!大家赶快,它来了!"贾克斯兴奋地大笑起来,"每个人最后检查一次!外套穿好了吗?钥匙拿好了吗?有人要去厕所吗?没有?那我们动手吧!"他又把一支箭上在弓弦处,瞄准末影龙,射了出去。

末影龙张开恐怖的紫色下巴,一口把箭吞了下去,根本没把箭放在眼里。

然后,它一口吞了贾克斯。

这一切就发生在茉眼前,快得让她来不及反应。前一分钟贾克斯还在手舞足蹈,大声嘲笑着混沌之神最喜爱的宠物,转瞬间他就不见了,一张孤零零的弓从天空坠落。

"天哪!"芬喘着粗气,"我的天哪!"

"末影龙,住手!"茉大喊着,"是我!是我!"

可末影龙是宇宙尽头的永恒暗夜炎龙,对她完全不在乎。末影龙在坚守使命——保护末地不受外来者侵犯,其他都不重要。茉也是个入侵者,而且对它来说根本不值一提。

末影龙转身发出凄厉的呼啸声,再次朝她俯冲过去。茉只好拼命狂奔,但不仅是末影龙,每个人都在尖叫,每个人都在狂喊,周围的一切陷入火海之中。

康呢?茉疯狂地想着。康在哪里?他到哪儿去了?他安

我的世界：末地

全吗？当末影龙正要得手的时候，茉被芬一把推开，末影龙的爪子抓住了芬的上臂，大法师埃尔芬痛得嘶吼起来。

茉一头栽到地上。这，这就是伟大的混沌之神。只有死亡和战争。看起来是个游戏，但后来所有东西都在燃烧，你的朋友不断死去。

劳瑞从柱子后面扔给芬一瓶恢复药水。末地昏暗的光照着装药水的玻璃瓶，光倏地闪了一下——末影龙再次迅猛地冲撞过来，瓶子碎了，药水像雨滴一样泼洒得到处都是，因为过于分散无法起到任何作用。

劳瑞脸朝下倒在岩石上，闭上了她的眼睛。

芬无声地呐喊着。不！不！不！他现在明白了！他们本可以改变轮回！一切本可以安然无恙！

"救命！"格尔在一片乱哄哄中大喊着，"芬，茉！救命！"芬和茉拼命躲避着砸向杰斯和格尔的碎石，里头夹着雨点般的火苗和残骸。这时，两个末影人拦住他们的去路，用拳头猛击他们。

"卡申！"茉有气无力地说。

他是康的副枢纽，还有可妮卡，他们从属于克赖的智库团队。这两个末影人的智慧还达不到启蒙水平，但很擅长格斗，只知道如何要别人的命。

芬在地上搜寻——他看见了一把剑！不知道谁曾经用过，但无论谁用过都无所谓，因为这原本就是他的，应该说是他和妹妹的宝贵财产，被末影人借走后就不知所踪。这时，茉已经向着一支三叉戟爬了过去。

茉比芬离武器更近,芬向茉挥着手。快跑!快跑!快跑!别管我!我没事的!

卡申一次又一次猛击格尔,可妮卡恶狠狠地朝着杰斯走过去。芬握住那把掉落的剑,茉用被烫出水疱的手指紧抓住三叉戟,一抬手便舞起了道道寒光。

然而,一切都是徒劳,尤其在对手是末影龙的情况下。末影龙闪电般穿过天空,扎向灰色的空地。芬的脚动弹不得,他恨不得马上越过他和杰斯之间的距离,赶到她身边。杰斯,那个想在末地建一座图书馆,然后跟他们一起住下来的女孩。杰斯,那个曾经救了芬的命,后来芬也救过她一命的女孩。杰斯,那个有一头棕色飘逸秀发,眼珠总是骨碌碌转的女孩。芬失声痛哭,他多想告诉她,得知她打算住下来的时候,自己是多么兴奋,可他连这个机会都没有。

茉手里的武器已无法庇护他们,但她依旧苦苦支撑。然而,未知的变数改变了这一切。

洛杉从藏身的地方狂奔出来,充血的眼睛淌着泪水,僵尸马向妈妈的方向冲过去,一下子把她撞出了空地,然后它转身关切地望着茉。就在这时,末影龙张开了血盆大口,露出山洞一样的喉咙,里面喷出一股火焰,所有人类和末影人,杰斯、格尔、卡申、可妮卡和洛杉,全都被这股炽热的烈焰吞没,人类立即化成灰烬。芬想喊杰斯的名字,可是根本来不及。格尔脸上露出满不在乎和不可置信的表情,然后像尘

我的世界：末地

埃一样飘走了。在最后一刻，他还挣扎着想逃跑，跟以前一样，不对劲就逃跑。卡申化成了一缕青烟，可妮卡抬头仰望着末地无穷无尽的夜空。夜幕笼罩下，站在沙丘上是多么寂寞。芬听见她喃喃自语，然后，她也消失不见了。

洛杉被烧焦了，它僵硬的躯体变成了蜡烛，鬃毛是灯芯。它不断地燃烧，燃烧。茉啜泣着。她朝洛杉伸出双臂，却再也触摸不到它了，火焰灼热而刺眼。

妈妈！洛杉在她的脑海里呼喊着。杀死，杀杀杀杀死！然后扑倒在她膝盖上。

洛杉，为什么？茉的脑海里被汹涌的泪水湿透。我们不是交代过你，为什么不老老实实待在安全的地方？你这个可爱的小傻瓜！她伸出双臂，伸向那个她再也摸不到的小动物。不要死，只有傻瓜才会死。

茉最后一次进入洛杉那个温柔的僵尸灵魂，她看见广阔无边的墓地、细长的树木、苍白而病态的月亮、很多的墓碑，上面写着许多新内容：**吃花。在雨中奔跑。音乐。吊在半空的笼子。妈妈。末影龙！妈妈。炼金大师阿尔蒂茉。**

一块墓碑上写着：**再见**。一只腐烂风化的手从坟墓的泥土中伸出来摇晃着。

我爱你。茉对墓地里的僵尸马说道。那只手悲伤地挥动着，然后不见了。

面对这场残酷的屠杀，芬和茉震惊得合不拢嘴，根本反应不过来。这一切为什么发生得这么快？太不公平了，完全来不及打破轮回。如果轮回不能更改，也不应该完结得这么迅速啊。

两人泪如雨下，大法师埃尔芬低声说："如果找到康，我们仍然有机会打破轮回。他可以用意念把我们三个一起瞬移回主世界，毕竟三个人也不是很多。可末影龙还活着，假如我们现在离开了，一切都不能重新开始了。"

茉纹丝不动，她不想离开洛杉，她也不想离开贾克斯，那个敢在末影龙眼皮子底下飞来飞去的人。就在几天前，我还很快乐。她想着，仰面朝天躺在地上，双手捂着脸。这一切是怎么了？她无法接受自己是炼金大师阿尔蒂茉，而且根本就没有哥哥的事实，现在她既不是茉也不是阿尔蒂茉。

这时，一首乐曲闯进了周围的沉寂，高亢的乐声划破天空，乐曲中蕴含如此丰富，既悲伤又甜蜜，变幻无穷。茉知道这首曲子，她转过头，寻找声音的来源。

芬努力透过眼前的烟雾和泪水去搜寻，他也知道这首曲子。康不应该在这儿，他应该藏在安全的地方，躲得远远的。可格伦普曾经说过，康永远都在他们附近。这时，一粒灰烬落在芬的手心里，他浑身战栗地盯着它，然后矮下身子，在烟雾的掩护下匍匐到贾克斯的弓掉落的地方。他架起胳膊紧紧地握住武器。

末影龙并没去追赶康，完全没有这个企图。

它一动不动。

它在静静地聆听。

我的世界：末地

末影龙的头高高昂起，往一边侧着，心无旁骛地倾听着音乐，它浑身的肌肉都停止了运动。康从阴影里走出来，弹奏着他的音符盒，他手指下流淌出的乐声是那么优美，前无古人后无来者。他绿色的眼睛在沉沉的黑雾中闪着光芒。

茉把手放在芬的胳膊上，他差点儿跳起来。你吓死我了！芬惊魂未定地说。

茉深深地看着芬的眼睛，这双眼睛几天前还是紫粉色的。茉牢牢地抓着芬，在电光石火的一刹那，两个人的意念之间，他们懂得了彼此的心意。他们根本无须规划什么。他们也无须多费口舌。

康不能死。茉说道。不论付出什么代价。其他人也不能死，他们的假期成了我们的噩梦，却不是他们的错，他们不应该失去一切。

无论如何我都不想记起这些。芬说道。我们失败了，我再也不想记起这一切。

末地才是最重要的，它是我们的归宿。

他们俩各自紧握着弓的一端。

芬松开了手。

茉大踏步跨过整座岛。末地在她身后火光冲天。她的头发在火光中闪耀着，末影龙转过头看着她。再也听不见任何乐声，它眼里没有其他猎物，只有茉的身影。末影龙向天空伸展开深紫色的双翼，仰面朝天咆哮着，然后弯下身子，冲着她俯冲过去。茉毫不畏惧地瞄准末影龙，然后用力拉动了弓弦。

一切都结束了,末影龙向她的意念咆哮着。又一次轮回吗?

箭正中末影龙两眼之间的眉心部位,它身上的光熄灭了。末影龙巨大的身躯砸向炼金大师阿尔蒂茉,在石头覆盖的地面上,毫不留情地把她拍得粉碎。

灰烬、烟雾和尘埃在空中飘浮着。康和芬不约而同地向茉狂奔而去。

在茉死去的地方,有两样东西。一样是她的尸体,另一样是一颗紫黑色的龙蛋。

第二十三章

失忆潮水

芬孤身一人站在船甲板上,夜色笼罩四周,空气中有种特别的气味,是臭氧和黑曜石烧焦的气味。远处的泰洛斯城崩塌了,末地四分五裂,随时准备重生。身边头一次没有茉的陪伴,没人知道这对芬而言会有什么不同。

芬回忆起所有的事:埃尔芬大法师,他在主世界的一生,猪的样子,多少次被格伦普宽敞的外壳所震惊。种种往事,在这个起始和终末之间的魔幻空间里,他的意识异常清晰。

然而,他却一点儿不在意。

芬把一本书放在膝头,这是船舱里的其中一本,那个家徒四壁的船舱。在上一次轮回快结束时,这里到处都是东西,塞得满当当的,几乎要爆炸了。那时候,没有战争,没有指挥官克赖。这一次他只好从头开始用各种方法涂涂写写。这本书的内容是绑定附魔第二阶。芬翻开第一页。"你可以在盔甲的任意部分添加绑定附魔，例如头盔、胸甲、护腿或者靴子……"他朗读道。

大法师埃尔芬翻过一页，开始在背后写出如下字句：

我再也不害怕了，发生了这么多事情，克赖死在我手上，艾尔莎死了，卡申和可妮卡死了，茉走了。末影龙也丧了命。可怜的洛衫，可怜的格伦普，我们所有人都很可怜。末地四分五裂，岛屿全部沉入虚空，天空彻底塌陷，我多想忘了这里以前是多么美，简直太美了。泰洛斯城的高塔像彩色纸屑一样坍塌下来，末日快要到来了。失忆潮水即将冲刷我的头脑，我会对这一切完全失去记忆。可你知道吗，我宁愿忘了一切。

我又回到船上，躺在甲板上，我能看见暗夜之泪在肆意流淌。当我闭上眼睛，我听到远处康在弹奏音乐，太好了，他还活着，我真高兴。他一定会来找我，成为我末地的一部分。

末日快来了，我能感应到它正在穿过岛屿向我靠近，该来的必然会来，为什么要抗拒呢？

向伟大的混沌之神致敬！祝福创世者。新的轮回中再见，阿尔蒂茉。

这时，一只冰凉的手握住了芬的手。

"我先看到你了，不用等到新的轮回再见了。"茉说。

听到这个声音，芬的脸色变得惨白。看清楚后，芬给了她一个人类最欢乐、最热烈的拥抱。"你还活着！"

我的世界：末地

泰洛斯城又一座高塔崩塌了，从岛屿边缘落入虚空。

茉拍了拍她的口袋。"都是不死图腾的功劳。感觉重生像被车碾成肉饼，但不死图腾能让你复活。我现在知道怎么使用它了，所以我就回来了。你可不能任由一个优秀的炼金大师就这么走了。"

他们一起躺在甲板上，仰面朝天看着没有星星的夜空和没有光明的未来。他们倾听着康的乐声，越来越近，直到听见他的脚步声。康没有用意念瞬移，跟他的人类朋友一样，跟他的末地一样，是用脚步走来的。他快到了，太准时了，永远不会迟到。

"就像你想要的，我希望我们已经把轮回更改了。"阿尔蒂茉说道，"我想这句话我已经说了一千次了。"

"我不知道，"芬叹了口气，"有可能我们按照意愿更改了轮回。只是……他们，杰斯、贾克斯、劳瑞和格尔，他们本不应该被牵扯进来。他们应该快乐地生活在主世界，踢踢猪啦，在雨里跳跳舞什么的。"

茉拂去脸上长长的黑色头发。"因此，"她说道，"我认为炼金大师阿尔蒂茉不会真的拿到那么高的等级。这不是她的本性。可是……你明白我的意思吧？"

芬点了点头。

"你能帮他们做出选择吗？"

大法师埃尔芬紧握着茉的手，轻轻抚摸她的脸颊。虽然茉和他不是双胞胎，但她仍然是他的家人。

"你邂逅了他们。轮回的情况越来越糟糕了，不断地发展变化，改变了原本的规律。末影人开始使用武器组建军队，而且……似乎人类无法重生，我能回到这儿是因为我有不死图腾，希望下个轮回记得再找到一个不死图腾。本来他们应该在自己的床上苏醒，可如你所见，他们都死了。冰冷，沉寂，逝去。我们不能对他们不管不顾，我们也无法逃脱轮回，而且你也会忘记这一切。格伦普说过，他们是轮回中新的参与者，或许这就是一切都改变的原因，或许这次真的完全不同。"

说完，茉点了点头，从自己深深的无限口袋里又取出一些东西，在桌子上熟练地把它们配置到一起，她果真是这方面的大师。五瓶药水整整齐齐地排成一行。全都是重生药水，但效果比所有主世界的人见过的都强，因为当年炼金大师阿尔蒂茉匆匆离去，有些配方就此失传了。

"如果这次的轮回跟以前一样，"茉说道，"那也没关系。芬，我跟你活过一千次，再多活一千次也没关系。"

"可是如果药水起效了，他们还记得我们吗？他们会像我们那样复活吗？我们还记得他们吗？"

茉跪在地上。"不会的，"她叹了口气，"我认为我们肯定会忘了他们。"

"我不想再一次遗忘，我不想忘了杰斯，"然后，芬飞快地补充道，"或者其他人。"

"我也不想。可是我们从此以后再也不记得他们了。"说

我的世界：末地

着，她拧开瓶盖，"首先，下次轮回或许有些细节和以往不一样，它们会点亮我们的生命，就像这次轮回一样：有可能是格伦普或者洛杉或者末影龙，也可能是康过来跟我们搭讪，或者劳瑞光芒闪烁的眼睛，甚至有可能是讨厌的老克赖，或许是贾克斯叫我傻瓜，或者格尔的嘲笑，或者杰斯挥舞着她的剑。还有可能我们在一起……组成家族，即使我们都是人类。反正比我们单个的时候丰富多彩，还会发生新的故事，一些……混沌的事情。或许我们下次又能想起对方了，希望别太晚。当你还有时间记得去做重要的事情时，或许这一次，我们能做对，就会改变轮回。"

康离他俩越来越近，他黑色的脑袋出现在船的另一边，任由自己的音符盒掉到地上。他们什么话都没说，好像什么都没发生过。

芬、茉和康一起走下船舱，坐下来休息。茉觉得到了世界末日，没什么事好尴尬的。她紧紧依偎在康的身边，芬斜靠在他们背后，然后一起等待着，等待世界末日带来的彻底昏迷的降临。

"你们感觉到了吗？我觉得它就快来了。"茉低声说，"就像一场海啸，先是海水后退，当你觉得风平浪静的时候，海水急速上涨，巨浪冲刷卷走了一切。我爱你。"

"阿尔蒂茉，我也爱你。"康说道，紧紧地抱着她，"你真的很伟大。"茉眨了一下眼睛："你也是，绿眼睛男孩，你也一样。"

"新的轮回中再见。"大法师埃尔芬低声说。

一小时后,失忆潮水席卷了这艘船。在它到来前,芬、茉和康已经沉睡了很久,世界变了,有了标识,修正了自己,而且什么都不记得了。

潮水过后一小时左右,船尾潜影贝的壳猛地打开了,有个东西出现了,不是潜影贝,不是末影人,不是苦力怕、骷髅、女巫或者人类,是有着潜影贝颜色、形状无法描述的某种生物。

格伦普轻手轻脚地把南瓜套在芬的头上,接着是茉,之后其他人出现的时候,格伦普如法炮制。现在时间还早,格伦普躲进灌木丛观察着,确保每个人都看起来漂亮整洁,然后弯下腰——亲吻他们的前额。

"我真是太讨厌你们了。"伟大的混沌之神低声说道,然后消失了。

我的世界：末地

穿越者的原子散落到草地上，河水里，空气中，大地上。一个女人收集起这些原子，把它们喝下去，吃下去，呼吸进去，于是这个女人的身体里孕育出了穿越者。

在妈妈身体里的这个温暖、黑暗的世界，穿越者苏醒过来，又沉入一个漫长的梦中。

新的穿越者是未曾传颂的新故事，在他的 DNA 里记录了一切讯息。穿越者也是从来没运行过的新程序，他的源代码在十亿年前就已经生成。穿越者也是从未存在过的新人类，每一寸肌肤都由乳汁和爱砌成。

你就是那个穿越者，那个故事，那个程序，那个人类，每一寸肌肤都由乳汁和爱砌成……

嘘。

有时候，穿越者自己生成了一个小小的、个人的世界，温暖柔软又简单。

有时候而已。

——朱利安·高夫《我的世界终末之诗》[6]

---

[6]*此处为全诗节选。*

第二十四章

尾声

末路之地，永远是暗夜，既没有日出，也没有日落，更没有时钟的嘀嗒声。

但不意味着这里没有时间或者光亮。一圈圈淡黄色的岛链飘浮在无边的黑暗中，闪闪发光。紫颂树和紫色的尖塔拔地而起，扎进无垠的黑色天空。树上果实累累，塔上房屋重重。白色末地烛如蜡烛般在塔顶阳台拐角处屹立着，驱赶每一处阴影。群岛上，巨大、古老又宁静的末地城中到处矗立着这样的塔楼，紫色和黄色是这里的主色调。末地城的边缘停靠着桅杆高耸的末地船，下面是血盆大口似的无尽虚空。

这是个美丽的地方，但不是空无一人。

岛上到处是末影人，他们甩动细长的黑色四肢在黄色小山丘上和黄色小山谷里任意移动。末影人狭长的紫粉色眼睛

我的世界：末地

  闪动着，细细的黑色手臂随着轻柔低沉的音乐在摆动。他们在远比时钟更古老的高大的塔楼里策划着严密的方案。他们目视一切，却悄无声息。

  黄绿色的小小的软体动物——潜影贝藏在依附于船舱和塔楼的外壳里。它们时不时地张开外壳向外偷窥，但很快就像蛤蜊似的飞快合上。潜影贝的外壳不停地开开合合，这声音便是末地的脉动。

  中央最大的岛上，巨大的黑曜石塔拱卫着一座小巧的灰色石柱，石柱上插着火把。每座塔顶都有一盏闪耀的灯笼。银色的灯笼里承载着熠熠生辉的火苗。火苗的光射进草丛，穿过灰色的院子，又反射回黑色的天空。

  空中，一条巨大的生物一圈圈地慢慢盘旋，永不停歇。它伸展双翼，紫色的眼睛喷出烈焰般的光芒。

  芬！

  这个名字穿越某座外岛边缘的阴影。庞大的末地城泰洛斯占据着这座岛。泰洛斯城像巨大的活物从岛屿的高地拔地而起，城中矗立着无数巨大的宝塔与亭台，白色光团由闪闪发光的末地烛倾泻而出。潜影贝藏身在外壳中，一艘紫色末地船像链子拴住的小狗陪伴着泰洛斯城。这是无法远航的海盗船。大多数末地城都有自己的船只，没人知道末地船是怎么来的，没人知道是谁建立了这些宏伟又奇怪的末地城。虽然末影人很乐意在各处留下自己的名字，但他们决非这一切的缔造者。缔造者也不是那个在空中无尽盘旋的家伙，更不是不敢见人、没有思想的潜影贝。仿佛末地船生来就有，末地城生来就有，像天空的云、美丽的钻石和永恒的时间一样自古有之。

芬，找到什么宝贝了吗？

一个瘦削的年轻末影人飞速穿越全岛，足迹遍布泰洛斯城的每个角落。眨眼间，他从一个地方出现在另一个地方，最后站在末地船的甲板上，手臂还抱着东西。他黑色的四方脑袋很俊朗，眼睛明亮，眼神带着渴望，四肢纤细却强壮。另一个末影人斜靠在桅杆上等他，黑色双臂交叉着抱在单薄的胸前。

茉，没什么好东西，只有一串末影珍珠。唉，可我们已经有一大堆末影珍珠了，都是你找来的，它们多得让我起鸡皮疙瘩！上星期我们发现的胸甲肯定已经重新生成了，但估计被其他人抢先拿走了。我还找到一些红石矿石。就这些，下次该你去了，因为你总能找到好东西。

这对十二岁的双胞胎末影人兄妹芬和茉走进末地船舱。他们一直住在这里，船上还有另外两个兄弟和两个姐妹。贾克斯、格尔、杰斯和劳瑞。他们亲爱的朋友康每天都来拜访。康就像其他末地碎片一样高挑、瘦削、黝黑，比劳瑞高，但比贾克斯矮。康的眼睛又大又美丽，但为了不引人注意，他经常眯着眼，把它们隐藏起来。

因为与其他末影人细长明亮的紫粉色眼睛不同，康的眼睛是绿色的。

我的世界：末地

他弹奏起音符盒的时候，迸发出来的美妙音乐让你简直不敢相信是这个乐器发出的声音。

贾克斯喜欢取笑茉对康的迷恋，兄弟姐妹们就是这样。

他们的记忆里没有其他地方。

他们家族居住在这里，这里就是他们的家。这跟群岛中任何一个岛上成百上千的末影人没什么不同。他们住在末地船上，家里堆满从各处捡来的"垃圾"，有些很值钱，例如钻石和绿宝石、金矿石和青金石，以及附魔铁护腿、各种各样的镐、甜菜种子、紫颂果、马鞍和马铠（尽管他们从没见过马）。还有很多对神奇的灰色翅膀，贴在背上就能任意飞翔。其他的旧东西就是真正的垃圾，石头、黏土、沙子和破破烂烂的旧书。还有一个发霉的蓝绿色的蛋，表面有奇特的花纹，芬和茉不在乎它看起来多丑，他们把蛋放在火堆旁边暖着，希望能孵出一个从没见过的东西，一个崭新的生命。

这个末影人家族知道外面还有另一个世界。从逻辑上讲，你住的地方叫末地，既然有"末"，必然有"始"，肯定有一个跟末地对应的空间。那里郁郁葱葱、阳光明媚，还有湛蓝的天空和碧蓝的海水，到处奔跑着羊和猪，蜜蜂飞舞，鱿鱼游弋。他们曾经听过这个故事。可这里是他们的世界，对他们来说非常安全。七个兄弟姐妹互相陪伴，各有各的分工，展开着他们自己的故事。

一个皆大欢喜的结局。

作者简介

凯瑟琳 M. 瓦伦特是《纽约时报》数十种科幻小说的畅销书作者,作品包括《太空歌剧》《冰箱的独白》,还有"精灵国度"系列。她获得了所涉足领域中的多个奖项或提名。她和父母、儿子一起居住在缅因州海岸边的一个小岛上,那里有很多有趣的野生动物。

MINECRAFT
我的世界

MINECRAFT
我的世界

创意指南

探索指南

下界与末地指南

红石进阶指南

附魔与药水指南

玩家对战游戏指南

农业生产指南

水下生存指南

MINECRAFT
我的世界